Karl Friedrich Marx

Aphorismen über Tun und Lassen der Ärzte und des Publikums

Karl Friedrich Marx

Aphorismen über Tun und Lassen der Ärzte und des Publikums

ISBN/EAN: 9783744611084

Hergestellt in Europa, USA, Kanada, Australien, Japan

Cover: Foto ©Andreas Hilbeck / pixelio.de

Weitere Bücher finden Sie auf **www.hansebooks.com**

Aphorismen

über

Thun und Lassen der Aerzte und des Publikums.

Von

Dr. Karl Friedrich Heinrich Marx,

Hofrath und ordentlichem Professor an der Universität Göttingen.

Stuttgart.

Verlag von Ferdinand Enke.

1877.

Vorwort.

Bemerkungen und Reflexionen über nicht näher bezeichnete Individuen und Verhältnisse können zwar zur Selbstprüfung und Vergleichung auffordern, dafür aber, beim Entfernthalten persönlicher Beziehungen, nur nach ihren allgemeinen Intentionen erwogen werden. Vieles sieht sich ähnlich, ohne das Gleiche zu seyn.

Uebrigens ist eine offene Erklärung einer verdeckten Anspielung, ein gerechter Tadel einem unverdienten Lobe vorzuziehen. Wahrheit kann weh thun, allein sie unterstützt einzig und allein die Ausbildung von Einsicht, Gesinnung und Charakter.

Wird die reine Absicht vielleicht auch zuerst verkannt, so verfehlt sie endlich ihren Zweck nicht. Der Dank kömmt oft spät, genug, wenn er kömmt.

Mögen die nachfolgenden Aufzeichnungen zum Nachdenken, zur Beherzigung, wohl auch zur Verbesserung bemerkter Uebelstände Veranlassung geben.

Göttingen, im Juli 1877.

Unter den vielerlei Suchten fordert keine vom Arzte größere Geduld und Nachsicht, als die Arztsucht, nämlich das unruhige Verlangen der Kranken: gegen die unbedeutendsten Beschwerden, sobald und so oft als möglich, persönlichen Rath und Hilfe zu erhalten.

*   *   *

Die wenigsten Kranken sind so geartet, daß sie Gleiches mit Gleichem vergelten und sich in demselben Maße nach dem Arzte richten, wie dieser sich bestrebt, ihnen sich zu accommodiren.

*   *   *

Da viele Kranke den Arzt darnach beurtheilen, daß seine Mittel rasch „anschlagen", so sieht sich Mancher, trotzdem, daß er ruhiges Abwarten oder ein leichtes Mittel für angezeigt erachtet, zur Anwendung eines kräftigeren aufgefordert.

*   *   *

Um eine reichhaltige Schrift richtig zu beurtheilen, ist nothwendig, dieselbe zu verschiedenen Zeiten aufmerksam durchzulesen, bei trauriger wie bei heiterer Stimmung, bei vollkommenem wie bei gestörtem Wohlsein, bei gehäuften Geschäften wie bei freier Muße.

*   *   *

Mit demselben Rechte, wie in Städten und Dörfern Pfarrhäuser sich finden, müßten auch Arzthäuser vorhanden sein, Dienstwohnungen ebenso gut für die Körperforger, wie für die Seelsorger.

* * *

Obgleich im Leben der Nationen die Ausbrüche roher Leidenschaften nicht nachgelassen haben, ist es zu verwundern, welch ein Geist der Besonnenheit, gegen ehemals, in der deutschen Jugend herrscht. Von den Vorgängen des Pennalismus auf den Universitäten ist selbst die Kunde erloschen.

* * *

In alter Zeit wählte man den Selbstmord, um der Beschränkung der persönlichen Freiheit, in der neuesten, um Geldverlegenheiten zu entgehen.

* * *

Eine Differenz zwischen dem Arzte und Theologen liegt darin, daß der erstere nicht ansteht zu bekennen, über die wichtigsten Fragen keine Antwort geben zu können, ein Geständniß, zu dem sich der andere schwer zu entschließen vermag.

* * *

Ein Lieblingswort der Neuzeit ist der Fortschritt schon deswegen mit, weil in den Industrie-Ausstellungen für Beweise desselben nicht Preise genug ausgetheilt werden können. Allein abgesehen davon, daß die mannigfachsten vollendeten Kunstprodukte aus früheren Jahrhunderten, oft

mehr als die der Gegenwart, zur Bewunderung nöthigen,
hängt das Weiterschreiten der Menschheit nicht von Ver=
besserung manueller oder maschinenartiger Fertigkeiten ab.
Daß im Loben des Fortschritts Maß zu halten sei, könnte
schon ein flüchtiger Blick in die offenkundigen Lebens=
verhältnisse lehren. Die Rohheiten, Gewaltsamkeiten, Be=
trügereien, der Irrwahn und Selbstmord werden nicht
geringer; die Klagen über politische Parteiung, Social=
demokratie, Pauperismus, National= und Religionshaß
nehmen nicht ab; bescheidenes Wesen, durchgängige Wahr=
haftigkeit, Pietät, Ehrfurcht vor dem würdigen Alten und
vor wahrer Gelehrsamkeit gehören zu den Seltenheiten;
die Organe der öffentlichen Besprechung büßen immer mehr
ihre hohe Stellung sowie ihren wohlthätigen Einfluß ein,
werden käufliche Anstalten, Förderungsmittel des Cliquen=
wesens; destructive Tendenzen machen sich, ungerügt, in der
Literatur geltend; Vergnügungssucht und Luxus verbreiten
sich in Kreise, wo sie zu Verbrechen Veranlassung geben.

*　　*　　*

Erscheint auch das Leben als Kriegsdienst, so ist da=
mit nicht gesagt, daß Jeder Wunden und Tod auszutheilen
habe. Dem Arzte gleich auf dem Schlachtfelde, welcher
dem Feinde Friede, Versöhnung, Hülfe bringt, dürfte
Keiner unterlassen, den Menschen menschlich zu behandeln.

*　　*　　*

Ueber Irrthum, Schein, Verstellung, Täuschung hat
die Wahrheit Gewalt, nicht über die selbstbewußte Lüge.
Gegen diese diabolische Macht kämpft sie vergebens.

*　　*　　*

Wenn das Herz zwar voll, aber steinern ist, fließt der Mund nicht über.

* * *

Wer am tiefsten um Verstorbene sich abmüht und doch keine Trauer für sie anlegt, das ist der Todtengräber.

* * *

Ein Nekrolog kann zum kräftigen Leben anfeuern.

* * *

In Verfolgung der Interessen verbindet sich die Macht des Bildungstriebs mit der einer planmäßigen Consequenz.

* * *

Begriffe, die man nicht zu fassen vermag, als bindende Lehrsätze annehmen zu müssen, ist moralischer Zwang.

* * *

Für den Wunderglauben fand sich bei den Machthabern stets zärtliche Sorge. Das Buch des englischen Arztes Bernard Connor, Evangelium Medici. Londini. 1697. 8., worin er sich über jene als Denker aussprach, wurde unterdrückt.

* * *

Den Werth einer Neuigkeit soll man zu schätzen wissen, aber ja kein Neuigkeitsträger sein.

* * *

Die einzelnen Eigenschaften des Gemüthes und Geistes verhalten sich nach dem Charakter der Individuen so wechselnd, daß es schwer wird, sie bestimmt zu definiren.

* * *

Da schon im Paradiese unter unzähligen Geschöpfen die Schlange die Hauptrolle spielte, wird es in der bösen Welt um so nothwendiger, vor den Schleichern sich zu hüten.

* * *

Auch Institute dürfen ihren Ursprung nicht verläugnen. Aus Gymnasien, den Pflanzschulen der Diätetik, wurden die der Wissenschaft. Soll diese aber gesund erstarken, darf die Aufgabe der ersten nicht vernachläßigt werden.

* * *

Je mehr ein Arzt erkennt, wie die Naturheilkraft, ohne Arzneimittel, das Unglaubliche vollführt, um so entschiedener muß er jede Einmischung der glaubensstarken Eiferer abweisen.

* * *

Mit den Begriffen „öffentliche Meinung und Zeitgeist" wird viel Unfug getrieben. Anstatt zu prüfen, ob sie Natur- oder Kunstprodukte sind, werden sie, im blinden Vertrauen auf die Behauptungen und Vorspiegelungen der lautesten Stimmführer, wie Glaubenssätze hingenommen, und Dichten wie Trachten ihnen solange untergeordnet, bis die Exaltation, wie beim Erwachen nach einem Rausche, in das Gefühl des Aergers und der Beschämung sich um= wandelt.

* * *

Mit aufgelesenen Fetzen hochstehender Schriftsteller Eindruck machen zu wollen, ist lächerlicher Bettelstolz.

* * *

Wie durch richtige Auswahl der Gewächse auch der dürrste Boden, der dem Winde Preis gegebene Flugsand, angebaut werden kann, so durch angemessene Erziehung die noch so sehr vernachlässigte Menschenart.

* * *

Als Hauptbeweis collegialischer Rücksicht dient jetzt bei Vielen die Annahme unzweckmäßig gewählter neuer Kunstausdrücke, die Adoration des wissenschaftlichen Kander= welsches.

* * *

Was ein schlichter Handwerker durch klaren Verstand, kluges Benehmen, richtige Schätzung reeller Bedürfnisse, praktisches Verfahren, vorsichtige Handlungsweise, Uner= schrockenheit, kräftiges Ausharren, im rechten Augenblick über das rechte Wort gebietend, zu erreichen vermag, das zeigte Benjamin Franklin. Das mit durch ihn auf Achtung der Menschenwürde begründete Freiheitsreich kün= digte für das der Willkür entrissene Dasein ein neues Zeitalter an.

* * *

Stolz auf Ahnen und originelle Schöpfungen sind Gegensätze.

* * *

Unter Todesschlaf (sopor aeternus) versteht man den, wonach kein Erwachen erfolgt; allein es kömmt zuweilen bei alten Männern ein tagelang dauernder Schlaf vor, der als eine Art Krise sich verhält. In einem solchen Falle ist durch Ruhe nicht das Erlöschen, sondern das Aufflackern der Lebensflamme zu erwarten.

* * *

Bedarf das menschliche Thun, um im Leben Gutes und Wahres zu bilden und zu erhalten, einer leitenden Idee, so ist nicht einzusehen, wie von der Volkssouverainität, dieser bestimmbaren, schwankenden, unklaren Massenmeinung, diesem eingebildeten, unverstandenen Unabhängigkeitsgefühle, ein dauerndes Glück zu erwarten sei. Kein Tyrann übt einen solchen rohen Despotismus, wie ihn der Mehrheitsdespotismus als Recht und Gesetz ausübt.

* * *

Je niedriger die Organismen, desto größer die Zahl der Embryonen. In der Majorität zeigt sich das Unbedeutende.

* * *

Wird bei einer guten Erziehung darauf gesehen, das Gefühl für Wahrheit auszubilden und zu befestigen, so müßte im Umgang, wie in öffentlichen Blättern, jede un=

wahre Mittheilung entschuldigt und berichtigt, oder bestraft
werden.

*　　*　　*

Die Wahrheit wird mit Widerwillen aufgenommen;
wo aber Empfänglichkeit dafür sich zeigt, ruft sie Dank=
barkeit und auf längere Zeit segensreiche Früchte hervor.
Der Irrthum findet leicht Eingang; wird er aber erkannt,
so erzeugt er Schamgefühl, Reue und Verwünschung.

*　　*　　*

Vor dem Gesetze ist Gleichheit, vor der ärztlichen
Behandlung Ungleichheit zu verlangen, denn jeder Einzelne
muß nach seiner Constitution untersucht und behandelt werden.

*　　*　　*

In der Arzneimittellehre werden die Lernenden mehr
geprüft als in der Heilmittellehre, obgleich die genaue
Kenntniß von den Einflüssen der reinen und unreinen Luft,
der Speisen und Getränke, der Enthaltsamkeit und des
Fastens, der Wärme und Kälte, der Ruhe und Bewegung,
der Beschäftigung und des Müßiggangs, der sinnlichen
und geistigen Genüsse, der Stellung und Lage &c. &c. so
wichtig ist, als die von den Substanzen aus der Apotheke.

*　　*　　*

Telephos, der Sohn des Herkules, fragte das Orakel:
wie seine, durch Achilles ihm beigebrachte Wunde, die
sich nicht schließen wollte, zur Heilung gebracht werden
könne? Die Antwort lautete: durch den, welcher sie bei=

gebracht. Achilles heilte sie nun mit dem Roste seines Speers. Dieser Rost war ohne Zweifel Grünspan, da die Waffen meistens aus Kupfer bestanden. Das essigsaure Kupferoxyd, namentlich als ägyptische Salbe, war lange Hauptmittel bei schlaffen Geschwüren.

* * *

Von den Millionen Todesfällen durch Pest, gelbes Fieber, Typhus, Cholera &c. &c. hätte längst der vollgültige Beweis geliefert werden müssen, daß Ansteckung die Hauptschuld trage; jedoch immer noch läßt sich der Unkenruf der Nichtcontagiosität vernehmen. Da in der Regel durch Logik Zweifel gehoben werden, hatte der treffliche Gilbert Blane in seiner „medicinischen Logik" durch unumstößliche Thatsachen zu zeigen versucht, daß das gelbe Fieber durch persönliche Mittheilung sich ausbreite; allein für den, welcher nicht klar zu denken vermag, bleiben die überzeugendsten Gründe leere Worte.

* * *

In den Zeiten, wo die wenigen Einsichtsvollen nicht lichtvolle Kenntnisse zu lehren, sondern Aberglauben zu erhalten suchten und nur die Aerzte natürliche Erklärungen wagten, wurden sie von den Dunkelmännern zur Strafe Atheisten genannt. Daher die Redensart: ubi tres medici, ibi duo athei.

* * *

Nicht jedes Licht erinnert an lebendige Thätigkeit, auch die Fäulniß phosphorescirt.

* * *

Obgleich Keinem sein Richter fehlt, so ist doch ein Unterschied, ob Jemand unter dem Schulzen oder unter dem Minister steht. Und ebenso ist es nicht gleich, ob Einer mit seinem Thun dem Urtheile eines Amtmannes oder dem der Weltgeschichte verfällt.

* * *

Mit Vertrauen gelingt es schwer, in die Ferne zu schauen; Mißtrauen schärft den Blick.

* * *

Darf nach der Art geschlossen werden, vermöge welcher Anstrengungen die Dunkelmänner mit Erreichung vom Rückschritte sich beschäftigen, so könnte man vermuthen: dieser wäre ihr Interesse.

* * *

So verschieden auch der Glaube in den einzelnen Ländern sein mag, derjenige, welcher allein zur Ausführung tüchtiger Handlungen befähigt, das ist der Glaube an sich selbst.

* * *

Würde das Gute und Heilsame mit solcher Consequenz erstrebt und behauptet, wie das Schlechte und Verderbliche, so müßte es um die Welt besser stehen. Bis zu welchem Grade in Verfolgung eines nichtswürdigen Vorhabens mit beharrlicher, erschöpfender Gründlichkeit verfahren wird, das bewies einst C. Fimbria. Bei seiner Absicht, den G. Scaevola aus dem Wege zu räumen, hatte er, nach der mehrfachen Angabe von Cicero, die arge Frechheit, den Verwundeten zu verklagen, weil er nicht den ganzen Dolch in sich aufgenommen.

*   *   *

Obgleich der Arzt stets auf die Anzeigen (Indica= tionen) hingewiesen wird, darf er unter keinen Umständen Denunciant werden.

*   *   *

Freiheit wird erlangt, wenn mit dem geistigen Selbst= vertrauen das körperliche sich verbindet durch die Ueber= zeugung, daß bei gewarnter Vorsicht in der Lebensordnung fast jede eintretende Störung von selbst sich ausgleicht.

*   *   *

So wenig auch der wackere Friedfertige von Haß wissen mag, gegen das Unrecht fühlt er einen grimmigen.

*   *   *

Einen Ersatz für die Gladiatorenspiele scheinen die Börsen zu liefern, um die Aufmerksamkeit zu spannen durch den Wechsel erregender und niederdrückender Empfindungen.

*   *   *

Obgleich das Geistige höher geschätzt wird als das Materielle, bestraft man die Verfälschung eines Nahrungs= mittels, nicht aber die Scheinheiligkeit.

*   *   *

Die Welt vergißt Viel, allein das wahrhaft Gute, welches ein Mensch ihr erwiesen, vergißt sie nicht.

*   *   *

Um das Leben ernst zu nehmen, ist so überreichliche Gelegenheit, daß es zum Verdienste wird, heitere Laune in dasselbe hinein zu schaffen. Ein lachendes Gesicht läßt keine böse Absicht vermuthen, wohl aber ein düsteres.

*   *   *

Wodurch der Charakter des Mannes sich bewährt? Dadurch, daß er weder unter günstigen noch schwierigen Umständen fremder Einwirkung, am wenigsten dem Instinkte der Masse, nachgibt.

*   *   *

Die meisten Menschen haben wenig vom Schmelz, desto mehr von der Eiskruste ihrer Jugend zu berichten. Darum haben sie auch keinen Grund, über die Inconsequenz des Schicksals zu klagen, wenn die späteren Tage nicht immer rosig erscheinen.

*   *   *

Verrenkte Glieder sind leichter zurecht zu schieben, als verrenkte Verhältnisse.

*   *   *

Nicht jeder Schulmeister beurtheilt geistreiche Arbeiten nach orthographischen oder grammatikalischen Schnitzern

und große Thaten nach Versehen gegen die sittliche
Ordnung.

*　　　*　　　*

Als Beweis von Verdienst und Anerkennung gilt ein
feierliches Leichenbegängniß. In einem Bilde, wo hinter
dem Trauerwagen nur das Hündchen des Verstorbenen
einherschleicht, glaubt man den Ausdruck eines von der
Welt unbeachtet Gebliebenen zu erblicken. Und allerdings
bleibt zuweilen das Größte unbeachtet. Nachdem am
14. Nov. 1716 Leibniz in Hannover gestorben, wurde
er in der Nacht begraben. Dem Sarge folgte Niemand
von der Geistlichkeit, vom Hofe, von Behörden, der Bürger=
schaft, sondern einzig und allein sein Privatsecretär.

*　　　*　　　*

Statt gründlicher, allerdings anstrengender Studien,
werden oberflächliche, der Menge gefallende, selbst imponi=
rende getrieben, ohne zu bedenken, daß diese abgeschnit=
tenen, ins Wasser gestellten Blumen gleichen, welche nach
einem kurzen Scheinleben verwelken.

*　　　*　　　*

In der Bibel heißt es an einer Stelle: daß Gott
den Menschen nach seinem Ebenbilde geschaffen, und an
einer andern: daß es den Herrn reuete, Menschen gemacht
zu haben. Damit ist der Inhalt des Himmels und der
Hölle bezeichnet.

*　　　*　　　*

Die Hochschule, welche man ohne Maturitätszeugniß bezieht und mit oder ohne Zeugniß reeller Leistungen verläßt, ist das Leben.

*   *   *

Als das ausgebreitetste Netz zum Einfangen loser Vögel ist wohl das der Polizei zu betrachten.

*   *   *

Beim Feldgeschrei, wie bei politischen Debatten, folgt die Menge gefeierten Namen, dort unter lockenden Trommeln, Trompeten und Fahnen, hier unter Phrasen, Schlagwörtern und Zeitungsblättern.

*   *   *

In derselben Weise, wie man die Gaben der organischen und unorganischen Natur, Wurzeln, Blätter, Blüten, Salze, Metalle &c., je nach ihrer Wirkung, als Arzneimittel vereinigt, gegen die verschiedenartigen Schwächen und Leiden, ebenso sollte man es halten mit den Aeußerungen und Besitzthümern des Gemüthes und Geistes als geordnete psychische Pharmakologie.

*   *   *

Da man Märtyrer bewundert und preis't und es nicht leicht ist, solche zu werden, muß es auffallen, daß keine besonderen Schulen dafür existiren.

*   *   *

Muß das bestehende Recht dem Vernunftrechte weichen, so darf dieses nicht den Vorwurf eines temporären sich zuziehen.

*　　*　　*

Nichts widerlicher, als Gefühlsäußerungen mit einem Hautgout gesuchter Sentimentalität oder verdeckter Gemeinheit.

*　　*　　*

Wer ist schlimmer, Derjenige, welcher grollend dem Andern sich abwendet, und wie verstimmt keinen Laut äußert, oder Derjenige, welcher dieselbe Hand, die einen verläumderischen Brief geschrieben, unter dem Ausrufe entgegenstreckt: lieber Freund, wie befinden Sie sich?

*　　*　　*

Eine Biographie mit den Rubriken: beschränkt, liederlich, fromm, durch Heirath reich, durch Protection im Amte, aus Gewissensbissen verträglich, aus langer Weile thätig, läßt sich leicht verfassen, da der Stoff dazu im Uebermaße geboten ist.

*　　*　　*

Nur Eine Religionssecte für zulässig zu erklären, erscheint so seltsam, als nur Ein Instrument. Das Orchester besteht aus vielen.

*　　*　　*

Wird das Individuum von egoistischen Absichten, nicht von edler, zarter Empfindung geleitet, so kann es

dem Staate nicht verübelt werden, wenn seine Politik nicht
als Ausfluß selbstvergessener Aufopferung für das Wohl
der Menschheit, sondern als Berechnung eigener Interessen
erscheint.

*   *   *

Ueber die stets neu versuchten Bemühungen, den Ob=
scurantismus auszubreiten, kann man sich nicht wundern,
da es jeden Abend dunkel wird.

*   *   *

Der Mensch wird nach bekannten Handlungen beur=
theilt, obgleich die unbekannten oft charakteristischer sind.
Die Kämpfe des Gemüthes, schwerer als die des äußeren
Lebens, bleiben verborgen. Wäre es aber auch möglich,
sie zu ermitteln, man bleibt theilnahmlos und gleichgültig
dagegen, weil Jeder selbst in sich Vieles schweigend zu be=
stehen hat. Wie es Melanchthon nicht leicht wurde, das
Reformationswerk auszubreiten, zwischen Gegensätzen der
Befremdeten, vermittelst besonnener Milde, ausgleichend zu
wirken, das zu heftige Wesen seines nächsten und besten
Mitstreiters ruhig zu ertragen, seinen Gegnern die Ueber=
zeugung seiner reinen Bestrebungen beizubringen, den klas=
sischen Studien Eingang zu verschaffen, die Erziehungsweise
zu verbessern, weiß man zur Genüge, weniger aber, wie
bedrängt er war von häuslichen Sorgen, und wie nieder=
gedrückt von Kummer um seine Kinder, namentlich um
seine älteste Tochter Anna, die er am zärtlichsten liebte.
Diese, erst 14 Jhre alt, an Georg Sabinus (Schuler)
in unglücklicher Ehe verheirathet, und die, bevor sie das

25. Jahr erreichte, in Königsberg starb, diente ihm, wie viele Aeußerungen in Briefen von ihm bezeugen, zur Prüfung seiner bewährten Glaubensstärke und seiner nicht wankenden Ergebung in die höhere Leitung.

* * *

Da der Organismus, sowie die Vorgänge und Gesetze seines Bestehens und Erhaltens, immerdar die gleichen bleiben, so ist nicht einzusehen, wie von einer neuen Medicin, vorausgesetzt daß sie eine naturgemäße sein will, geredet werden kann.

* * *

Bedenklichkeiten, oder gar Streitigkeiten, über sanitätspolizeiliche Einrichtungen werden am einfachsten durch die Statistik gehoben.

* * *

An Einfluß und Ansehen bankerott zu werden ist so schmerzlich wie an Geld.

* * *

Die meisten Menschen fürchten sich vor Zugluft, indem sie behaupten, Zahnweh oder Rheumatismus dadurch zu bekommen; allein so schlimm wirkt sie nur bei Verwöhnten. Etwas Zugluft in Vorurtheilen, üblen Gewohnheiten, veralteten Gebräuchen schadet wenigstens Keinem.

* * *

Da man zu sagen pflegt: „zuweilen schläft Homer", so ergibt sich, daß dem Dichter eine Unterlassung nicht ver-

2

argt wird, wohl aber dem Hiſtoriker; dieſer muß ſtets
wach bleiben, um unrichtige Angaben zu vermeiden.

* * *

Wie unſelbſtſüchtig die Aerzte ſind, geht daraus her=
vor, daß, obgleich verkehrte Moden am häufigſten Krank=
heiten, alſo ihren Nahrungszweig, veranlaſſen, ſie am kräf=
tigſten dagegen eifern.

* * *

Eine kurze Beſchäftigung mit Nichtsthun erquickt, eine
lange erſchlafft.

* * *

Durch unrichtige Einrichtungen der Lebensordnung wer=
den nicht ſo Viele krank als durch unrichtige Schluß=
folgerungen aus nicht gehörig verſtandenen mediciniſchen
Schriften.

* * *

Der Arzt braucht keine Romane zu leſen, denn er
erlebt ſie.

* * *

Für den Seelenkranken, den Traurigen, gibt es keine
beſſeren Arzneien, als Geduld und Hoffnung.

* * *

Beinahe könnte man glauben, daß der bewußtloſe
Zuſtand der natürliche ſei, denn an die wichtigſten Organe
und Verrichtungen wird man nur erinnert und die Auf=

merksamkeit auf sie gelenkt, wenn sie von ihrer Normalität abweichen und gestört sind.

*   *   *

Ein Vornehmer, bei dem es ungewiß bleibt, ob die ihm erwiesene Ehrerbietung seiner Würde oder seiner Person gilt, unterscheidet sich nicht vom Gemeinen.

*   *   *

Dem Leichtsinne könnte man, wenn es nicht bedenklich wäre, insofern etwas Ideales zusprechen, als er nach freiem Gefühle handelt, ohne die Folgen zu beachten.

*   *   *

Gleich dem Verrückten, welcher Böses thut, ohne dazu den Willen zu haben, wirkt der Künstler, welcher, aus befangenem Sinne, statt des Schönen und Reinen, Häßliches und Verworfenes darstellt.

*   *   *

Ist Achtung vor unbeschränkter Lebensfreudigkeit die Signatur der Gegenwart, so gebührt den Aerzten, welche ohne Unterlaß dafür sich abmühten, schuldige Anerkennung.

*   *   *

Im Verborgenen glücklich sein, ist wahres Glück (Qui bene latet, bene vivit). Tritt Einer heraus, so wird er leicht Zielscheibe des öffentlichen Urtheils, welches im un-

billigen Tadel, wie im überschwänglichen Lobe, verkennend
und verletzend, wirkt.

* * *

Eine ebenso nothwendige wie wohlthätige Frühlingscur,
die aber auch zu jeder andern Jahreszeit vorgenommen
werden kann, ist die, sich von fremdartigen Eindrücken,
unrichtigen Begriffen und Voraussetzungen zu reinigen.

* * *

Wenn auch ein Arzt im Allgemeinen keinen Unter=
schied in der Behandlung der Kranken macht, im Beson=
dern geschieht es, theils in Betreff der größeren oder ge=
ringeren Gefahr, theils der geliebten und hochgeschätzten
oder gleichgültigen Individuen.

* * *

Aerzten wird nur selten persönliche Gelegenheit ge=
boten, den Wetteifer zwischen Verdienst und Dankbarkeit
zu bewundern.

* * *

Von van Swieten, dem Vater, ist mit deswegen
wenig mehr die Rede, weil er, zum Segen für Oestreich,
aus reinem Interesse für das Wohl der Heilkunst und ihrer
Diener, zwischen Arzt und Wundarzt genau die Gränze
bestimmt und das Ueberschreiten derselben für unerlaubt
erklärt hatte. In der Gegenwart wird die Verbindung
beider Doctrinen für einen Fortschritt gehalten; jedoch die

Zukunft wird, in Beziehung auf die praktische Ausübung,
rufen: Jeder das Ihrige!

*   *   *

Im privaten wie im öffentlichen Leben werden Die
als Freunde betrachtet, welche sich nützlich erweisen. Dient
aber der Vortheil als Maßstab, so bleibt zu bedenken,
daß Feinde einen höheren Preis bieten können.

*   *   *

In unteren Kreisen darf ein Emporkömmling auf
Anerkennung rechnen, nicht in den obern; werden ihm
dort Lob und Bewunderung zu Theil, so verfolgen ihn
hier Mißgunst und Haß.

*   *   *

Schaler Witz und abgestandener Wein gleichen sich.

*   *   *

Anachronismen, Irrthümer in der Zeitbestimmung,
bei Aufzeichnungen aus dem Gedächtnisse, auch dem treuesten, sind nicht zu vermeiden. ' Das merkt man auch hinsichtlich der Angaben über Klopstock's Aufenthalt am
Badischen Hofe in Göthe's Wahrheit und Dichtung. Daß
der geistige Heros nicht als Chronist sich bewährt, ist jedoch
zu verschmerzen.

*   *   *

Wie in vornehmen Zirkeln streng nach der Etiquette
verfahren werden mußte, so hatten, bis auf unsere Tage,

die Aerzte auf jedem Rezepte zu bemerken, daß es nach dem Gesetze der Kunst (lege artis) angefertigt werde.

* * *

Die Befreiung von leeren, überflüssigen Formalitäten mag Fortschritt heißen; allein das sich Loslösen von schicklichen Rücksichten kann Rückschritt sein.

* * *

Den Spruch: si vis pacem, para bellum, legen sich gute Freunde in der Art aus, daß man sich in das Vertrauen von Geheimnissen einschleichen müsse, um solche, wenn Spannungen eintreten, als Waffen gebrauchen zu können.

* * *

Müßten die Nichtärzte im Zusammensein mit Andern, wie die Aerzte bei jedem Krankheitsfalle verfahren, nemlich zuerst die Anamnese zu berücksichtigen, das heißt, von den früheren Einflüssen Kenntniß zu nehmen, dann mit der Diagnose sich abzumühen, um den vorhandenen Zustand genau zu ergründen, und darauf die Prognose zu entwerfen, um die wahrscheinliche Weiterentwicklung festzustellen, so würde ihre Beurtheilung weit gerechter, billiger und treffender ausfallen.

* * *

Vom Tadel ist Erfolg zu erwarten, wenn er nicht Verneinung, sondern Bejahung veranlaßt.

* * *

Beim Beräuchern frägt es sich, ob damit geschmeichelt, oder vor Ansteckung geschützt werden soll.

* * *

Wird die Lösung von Räthseln für unmöglich erachtet, so überbietet, mit vollkommenem Rechte, der Unglaube den Glauben.

* * *

Scharfer Verstand vermag gehäuftes Wissen und Können in Schatten zu stellen. Daher ist die Diplomatie eines Staats oft mehr zu fürchten, als sein Kriegsheer.

* * *

Unter den gleichmäßig dauernden Empfindungen ist keine so mächtig, wie das seelenvolle Gebet. Während die geistreichsten, gefühlvollsten Sentenzen nur vorübergehend einen Eindruck machen, äußert das „Vater unser" Tag für Tag, unvermindert, seine erhebende Wirkung.

* * *

Daß der Geist das Schaffende ist, ergibt sich aus der Thatsache, daß fast allen Werken ein ideales Motiv zum Grunde liegt, dem sich allmälig ein realer Zweck anreiht.

* * *

Zum Einlenken und Compromiß muß sich der Arzt, gegen seine Ueberzeugung, oft entschließen, denn kann er das Gute nicht erreichen, so bleibt ihm nur übrig, das Schlimme, nach Möglichkeit, zu verhindern.

*   *   *

Muth in der Gegenwart und Gespensterfurcht vor künftigen Ereignissen ist ein Widerspruch.

*   *   *

Ueber die vielen Universitäten, welche aufgehoben wurden, mag man, vom Standpunkte der Wissenschaft und der Lehrer aus, nur trauern; aber an Eine, welcher Deutschland einen großen Theil seiner Bildung und freien Ansicht schuldet, kann man, im Gefühle dankerfüllter Gerechtigkeit, nicht ohne Hoffnung ihrer Auferstehung denken — an Wittenberg!

*   *   *

Dadurch, daß die Aerzte keiner politischen Partei angehören, sondern kosmopolitisch gesinnt sind, ist für sie nicht ausgeschlossen, warm und begeistert die nationalen Gefühle in sich zu tragen. Sie können diese aber nur dadurch bethätigen, daß sie das Wesen des deutschen Charakters: Wahrhaftigkeit, Bravheit, Treue mit ihrer ganzen Persönlichkeit darstellen.

*   *   *

Ob wohl der Spruch: dat Galenus opes, deswegen an Wahrheit Einbuße erlitt, weil die Mediciner wenig mehr um den Galenus sich kümmern?

*   *   *

Alte Fehler haben eine zähe Lebensdauer, ja, wie man meinen sollte, eine berechtigte Existenz, denn wären sie verbesserungsfähig, würden sie verschwunden sein.

* * *

Arbeiten des Menschen, welche Jahrhunderte über-dauerten, werden, wie Reliquien, verehrt. Ein Insekt im Bernsteingrabe wird dem lebenden vorgezogen.

* * *

Im Staatsleben werden unaufhörlich neue Gesetze gegeben, in der Natur erweisen sich die von Anfang an bestimmten ausreichend.

* * *

In demselben Verhältnisse, als in Vereinen Vorträge gehalten, überhaupt viel geredet wird, nimmt das Thun ab. Worte verdrängen die Arbeit.

* * *

Nach welchem Maße das Immaterielle und Ma-terielle geschätzt wird, ergibt sich aus der Vergleichung der Vergangenheit mit der Gegenwart. Plato hielt die Lehre von den Ideen für die höchste wissenschaftliche Bestrebung; dem lebenden Naturforscher besteht sie in der Genauigkeit sinnlicher Beobachtung.

* * *

hängt vom logischen Denken die Entscheidung ab, ob
Beobachtungen und Versuche zulässig seien oder nicht, so
können letztere unmöglich eine Bevorzugung vor jenem ver=
langen. Das Gehirn herrscht über den Sinnorganen.

* * *

Der Spruch: der Natur angemessen zu leben (naturae
convenienter vivere) hat in vieler Beziehung seine Berech=
tigung, nicht in aller, denn da sie bewußtlos ist, muß der
Mensch sein Bewußtsein zu Rathe ziehen.

* * *

Da die Vorgänge und Produkte der äußeren Natur
nur durch mehr oder weniger nachweisbare Einflüsse ent=
stehen, so könnte man glauben, die Absichten und Hand=
lungen des Menschen wären gleichfalls blos nothwendige
Folgen bedingender, drängender Einwirkungen durch Ver=
erbung, Erziehung, Nachahmung, Gewohnheit, von Um=
ständen, Reizen, Neigungen, so daß derselbe einem blinden
Verhängniß Preis gegeben bleibt.

Kämen in Wahrheit die Loslösung vom Gebundensein
an die bewegenden Motive, das unbeschränkte Abwägen,
die eigene Entschließung und Wahl nicht in Rechnung, so
dürfte von Willensfreiheit, von Herrschaft der Persönlichkeit,
vom moralischen Werthe des Geschehens oder Unterlassens,
und somit von einer Verantwortlichkeit, nicht geredet werden.

Allein nur Kinder, diesen nahe stehende völlig Unge=
bildete, Geisteskranke, sowie durch gewaltsame Eingriffe
ihrer Besinnung beraubte Individuen verhalten sich in
ihren Vornehmungen wie Erzeugnisse des Thierlebens,

abhängig von momentan einwirkenden Potenzen, dem
Triebe unterworfen, an die nächsten Veranlassungen ge=
fesselt, weswegen sie auch für unzurechnungsfähig erklärt
werden.

Bei entwickeltem, ungestörtem Selbstbewußtsein da=
gegen, beim Gefühl eines selbstständigen Daseins, bei er=
langter Unterscheidung zwischen gut und bös, erlaubt und
verboten, recht und unrecht, bei der Ueberzeugung, nach
Prüfung und Einsicht Etwas bejahen oder verneinen zu
können, stellt sich das Erkennen der Individualität, der
höheren Existenz, ein.

Damit aber wird der Mensch Herr seiner selbst, ein
zweckbewußtes, sittliches Wesen, in dem andere Gesetze
walten, als in den Gebilden der äußeren Natur, wo Gang
und Maß vorgezeichnet sind. In ihm treten absonderliche
Wünsche und Unternehmungen, überraschende Vermuthungen,
treffende Urtheile, Vernunftschlüsse, Leistungen der Wissen=
schaft, Entdeckungen wie Werke der verschiedensten Art
hervor; mit dem Vermögen, nach eigenem Gefallen zu
wirken, entstehen individuell Gesinnung, Gewissen, Ueber=
zeugungen, Grundsätze; es macht sich ein kategorischer Im=
perativ für das Sollen und Müssen des Reinen, Guten
und Schönen geltend, und ein schöpferischer Gedanke bewegt
sich in Begriffen und Ideen als geistiges Leben.

* * *

Kunstvoll gebildetes Lächeln kann verführen, natürlich
unschuldiges vor dem Untergang retten. Schon öfters hat das
holdselige Lächeln eines Kindes den Mordstrahl entwaffnet.

* *

In Betreff des Wohlbefindens und seiner Störung
herrscht eine übertriebene Freiheit, und die Maßregeln der
Medicinalpolizei lassen viel zu wünschen übrig. Wer sich
selbst verstümmelt oder verstümmeln läßt, um sich für Erfüllung gesetzlicher Verpflichtungen, z. B. Soldat zu werden,
untauglich zu machen, wird bestraft, keiner aber, der seine
Gesundheit durch eigene oder fremde Schuld so untergräbt,
daß er den Anforderungen der Gesellschaft wenig oder gar
nicht mehr zu entsprechen vermag.

* * *

Objectiv die Dinge zu betrachten, ist für den Geschicht-
schreiber eine Nothwendigkeit; allein sein Aufmerken und
Darstellen muß mit innerer Theilnahme geschehen, nicht
als gleichgültiges Verweilen außerhalb.

* * *

Mancher Weltmann, der äußeres Gut nicht erreichen
kann, preis't mit salbungsvoller Rede die Genügsamkeit,
und mancher Gelehrte, dem historisches Wissen mangelt,
hüllt sich, dasselbe verachtend, in die Toga der exakten
Forschung.

* * *

Nach dem Hippokratischen Schwur wurden namentlich
als Zeugen blos Apollo, Aesculap, Hygea und Panacea
angerufen; würden aber die vielen selbstständigen, durch
eigene Professuren vertretenen Lehren der heutigen Medicin
personificirt, so müßte man sich an ein ganzes Chor von
Gottheiten wenden.

* * *

Dadurch, daß man die allgemeine Pathologie in die pathologische Anatomie aufnahm, wurde dem Sehen ein größeres Recht eingeräumt, als dem Denken.

*   *   *

Wird es mehr Mode, die Hauptlehren der Medicin nicht in Vorträgen, sondern nur praktisch abzuhandeln, so steht zu fürchten, daß das Interesse an zusammenhängenden allgemeinen Betrachtungen erstirbt und nur die Sinne in Uebung bleiben für einzelne Fälle.

*   *   *

Beim Blick in eine Literärgeschichte, bei der erfolgenden Ueberwältigung durch die unzähligen bekannten und unbekannten Schriften, könnte die Neigung zur eigenen Production erstarren; allein die Abneigung wird vom Bildungstrieb überwunden. Wie in der äußeren Natur, trotz noch so ungünstiger Einflüsse, ohne Unterlaß neue Gebilde entstehen, so im Gebiete der höheren Thätigkeiten.

*   *   *

Bei Vielen äußern sich der Drang des Verneinens, der Geist des Widerspruchs, das eitle Streben, ihren Kopf durchzusetzen, so mächtig, daß sie, mit Verläugnung ihrer besseren Ueberzeugung, und gleichgültig gegen die Folgen, das Unbedeutende und Verwerfliche dem Ausgezeichneten und Trefflichen vorziehen.

*   *   *

Als Gründe des Ekels werden angegeben: Verzärte=
lung, Verwöhnung, Idiosynkrasie, krankhafte Einbildungs=
kraft; allein die Hauptschuld trägt das Auge. Blinde
wissen wenig von Ekel.

*   *   *

In Verleihung von Titeln steht neben dem Fürsten
gleichberechtigt die Universität, mit dem Unterschiede, daß
jener über eine Unzahl gebietet, diese aber nur den Doctor=
titel zu ertheilen vermag.

*   *   *

Bei Großeltern suchen Kinder, bei alten Auctoritäten
Erwachsene Schutz.

*   *   *

Den Schmerz der Brandwunde stillt Abhaltung der
Luft, den der feindseligen Trennung Verzeihung und Ver=
söhnung.

*   *   *

Die beneideten Zustände Englands werden Deutsch=
land zu Gute kommen, sowie dieses aufhört, das Schlacht=
feld Europa's zu sein.

*   *   *

Keiner will angesehen sein, als gestatte er sich den
Gebrauch eines schleichenden Giftes, und doch hegt fast
Jeder unbegründeten Verdacht gegen Andere.

*   *   *

Für Lacher ist gesorgt, wenn sich ein Alter in ein junges Mädchen, ein Junger in eine alte Meinung verliebt.

* * *

Gehen die Gelehrten unseres Vaterlandes in Einer Richtung zu weit, so ist es in der ebenso gründlichen wie unparteiischen Schilderung und Anerkennung der Verdienste fremder Nationen, während diese unsere besten Leistungen ignoriren oder verläftern.

* * *

Völker bewachen ängstlich ihre Gränzen, der Einzelne strebt, gehoben, nach dem Unbegränzten.

* * *

Als Ehrendenkmal reeller Dankgefühle für genossene wissenschaftliche Belehrung muß in Göttingen das für den Freiherrn Georg Thomas von Asch um so mehr der Erinnerung eingeprägt werden, als ein solches Beispiel das wohlthuendste Zeugniß für den edlen Geber, wie für die gewürdigte Anstalt ablegt. Bis zu seinem Tode (1807) verblieb er ihr sich gleich mit treuen, vorsorglichen Gesinnungen und erstaunlicher Freigebigkeit.

Der junge Russe studirte Medicin und schrieb unter Haller*) (1750) seine berühmt gewordene Dissertation

---

*) In der Vorrede sagt er: publico fateri testimonio, quantum debeam Suavissimo atque in aeternum Venerando Praeceptori, qui ex omni terrarum orbe solidissima sua atque amplissima eruditione ad se adtrahit discipulos.

über den Beinerven (de primo pare nervorum medullae spinalis).

Nachdem er in sein Vaterland zurückgekehrt war, stieg er rasch, durch seine Verdienste gehoben, von Stufe zu Stufe. Als Generalstabsarzt beschäftigte er sich besonders mit der Heilung der Pest und der Einrichtung von Quarantänen.

Die Georgia Augusta hatte er so sehr in sein Herz geschlossen, daß er unaufhörlich ihrer liebend gedachte und mit Geschenken sie überhäufte.

Seine Wohlthaten erstreckten sich fast auf alle Institute. So bereicherte er die Bibliothek durch eine große Anzahl in Rußland erschienener Bücher, durch Korane, Türkische, Arabische, Persische Handschriften, wie z. B. durch das Heldengedicht von Firdusi *); durch eine Sammlung von Landkarten, Städteansichten, Kupferstichen, Verordnungen; durch eine Masse äußerst seltener und kostbarer Russischer, Türkischer, Arabischer, Kufischer, Tartarischer, Persischer, Indischer Medaillen und Münzen. Das naturhistorische Museum versah er mit Mineralien und mit den interessantesten ethnographischen Merkwürdigkeiten; den botanischen Garten mit Sämereien aus fernen Gegenden &c. &c.

Durch die Vermittlung seiner Gaben wurde es strebsamen Männern möglich, in Betreff gelehrter Untersuchungen, neue Aufschlüsse zu ertheilen und selbstständige, tüchtige Arbeiten zu liefern.

Dabei darf man nicht übersehen, daß vor hundert

---

*) Dieser Codex wurde von J. Görres benutzt, und vermittelst desselben lieferte er die erste deutsche Bearbeitung. S. dessen Heldenbuch von Iran. Berlin. Bd. 1. 1820. 8. S. XII.

Jahren die ausländischen Hülfsmittel des Unterrichts und der Bildung nur mit den schwersten Kosten oder gar nicht zu erreichen waren.

* * *

In der bewußtlosen Jugend leben Gemüth und Verstand als Geschwister vertrauensvoll zusammen; allein je älter sie werden, je mehr das Gemüth an Zartheit, Innig= keit, Glaubenstreue, der Verstand an Schärfe, Kritik, Klar= heit zunimmt, desto weiter gehen ihre Wege auseinander.

* * *

· Der Neugierige bemüht sich um Orakelsprüche über die Zukunft, der Historiker über die Vergangenheit.

* * *

Reichbegabte, produktive Naturen gleichen einem Hochgebirg, aus dem, durch mäßige Wasserscheide ge= trennt, verschiedene Ströme sich ergießen.

* * *

Ist der Geist des Menschen unfaßbar — wie erst der Weltgeist. Darum Glaube und Hoffnung.

* * *

Die Geringschätzung der früheren medicinischen Lite= ratur von Seiten der jüngeren exakten Forscher wird vielleicht nur überboten durch die ihrer älteren Collegen.

* * *

Es soll Alles schon dagewesen sein; allein die Behauptung, daß die Kenntniß der Geschichte der Medicin unnütz wäre, ist neu unter der Sonne.

*   *   *

Individuen wie Völkerschaften zeigen auffallende Gegensätze. Während Viele die weiße Farbe, die des Schnees, der Milch, des Schwans, der Lilie nicht genug bewundern können, ist sie den Persern so widerwärtig, daß sie selbst weiße Tauben nicht dulden.

*   *   *

Geisteskräftigen Greisen gegenüber nehmen sich schlaffe Jünglinge so aus, daß man versucht wird, statt von Marasmus senilis, von Marasmus juvenilis zu reden.

*   *   *

Destillirtes Wasser ist reiner, als das, welches vom Himmel fällt. Darum gewöhne man sich: störende Aufregungen im Gemüthe so zu destilliren, daß die Eindrücke von fremdartigen Beimischungen frei werden.

*   *   *

Mit hochsinnigen Gefühlen gestiftete Freundschaften, welche in Täuschungen sich auflös'ten, nehmen sich aus, wie monumentale Gebäude, welche durch ungünstige Verhältnisse in's Stocken gerathen, als Ruinen fortdauern.

*   *   *

Kein ärgerer Hohn auf die eindringlichsten Lehren der Sittlichkeit und der Gesundheitsbewahrung als der, über alle Begriffe zunehmende, Verbrauch der Spirituosen. Das Gegenkämpfen der Schullehrer, Geistlichen, Volks= schriftsteller erweis't sich als zu schlaff und unzweckmäßig. Nur eine hohe Verbrauchssteuer kann Hülfe schaffen.

* * *

Mag man auch an Zauberei nicht glauben — wahre Tugend und Seelengröße üben sie aus.

* * *

Es kommt wohl vor, daß Einer es wagt, mit Mannesmuth seine Ueberzeugung zu vertreten; allein wenn das nicht Regel ist, so muß der einmalige Anlauf wie ein abnormer moralischer Paroxysmus betrachtet werden.

* * *

Große körperliche Schmerzen verlangen unbedingte Ruhe, denn jede Anstrengung des Hörens, wie des Sprechens, vermehren sie. Ebenso kann bei tiefeingreifenden Gemüthsbewegungen kein Trost, sondern nur die Zeit Linderung bringen. Mit Geduld muß die Krise ab= gewartet werden.

* * *

Aeußerungen liebender Theilnahme scheinen Dank zu verdienen; allein wer es gut mit sich selber meint, der suche ihnen zu entgehen, denn sie zielen auf die schwachen Stellen, und statt zu kräftigen, verweichlichen sie.

* * *

Vor der Macht muß man sich deswegen zu bewahren suchen, weil Haß mächtiger ist als Liebe.

* * *

Gäbe es nicht so viele feige, wohldienende, auf Belohnung hoffende Individuen, so würde von Oben her mit weit größerer Rücksicht und Anerkennung wahrer Verdienste verfahren werden.

* * *

Wurde in ganz früher Jugendzeit aus Legenden und Mährchen eine Vorliebe für das Einsiedlerleben empfunden, so kann, vor dem Abschlusse des Daseins, aus dem einstigen Wunsche noch eine Wirklichkeit werden.

* * *

In keinem Stande richten sich Vertrauen und Achtung so wenig nach der Rangordnung, wie im ärztlichen.

* * *

Schimpfen ist verboten; aber der ausländischen ehren= rührigen Reden gibt es eine so große Zahl in der ver= schiedenartigsten Gradation, daß das Strafmaß mit nicht gewöhnlicher Schwierigkeit verbunden scheint.

* * *

Beklatscht man auch das Sterben noch so sehr als das
Ende vom Liede, das da Capo Rufen kann man ersparen.

*   *   *

Jeder wird auf das Befragtwerden eines Andern:
welchen Eindruck ein Bekannter auf ihn mache, ob er
ihm gefalle, ob er ihn für bedeutend halte?, um der
Verlegenheit sich zu entziehen, eine ausweichende Antwort
ertheilen. Zu einer ähnlichen Vorsicht und Zurückhaltung
im Ausspruche sieht sich der Arzt genöthigt, wenn er über
eine Krankheit seine Diagnose geben soll, und zwar um
so mehr, als nicht nur ein Zweiter oder Dritter ganz
entgegengesetzt urtheilen kann, sondern es zweifelhaft bleibt,
ob überhaupt der eigentliche Punkt zu treffen und mit
Worten zu bezeichnen ist.

*   *   *

Für Einen, der nie Karten in die Hand genommen,
ist der Ausspruch: den letzten Trumpf auszuspielen, so
wenig verständlich, wie für den vorsichtigen gewissenhaften
Heilkünstler der Satz: besser ein zweifelhaftes Mittel, als
keines.

*   *   *

Einem Sterbenden die Augen zuzudrücken, erachtet
man für einen Liebesdienst; aber größere Liebe offenbart
sich, wenn in der Beurtheilung der Leistungen eines kühn
vorwärts Strebenden mehr als ein Auge zugedrückt wird.

*   *   *

Den zünftigen Gratulanten ist der Kalender werth-
voller als die Bibel.

*   *   *

Die Verehrer und Ausbreiter des Mikroskops haben
sich bei den Trichinen der Schweine zu bedanken, denn
diese bedingen die allgemeine 'gesetzliche Anwendung
desselben.

*   *   *

Da das Fortleben, Denen gegenüber, welche auf den
Tod speculiren, eine Art von Wettkampf ist, so wird das
Erreichen eines hohen Alters zum Siegespreis.

*   *   *

Dem Tantalus der alten Zeit, vor dem sich Speise
und Trank, je mehr er hungerte und durstete, zurückzogen,
gleicht in der neuen der Kupferstecher, welcher, sowie er
Staatspapiere und Coupons angefertigt hat, sie ab-
liefern muß.

*   *   *

Eine Schlechtigkeit, die nicht bestraft, sondern verlacht
wird, ist ein schlechter Witz.

*   *   *

An Bearbeitungen einer populären Medicin fehlt es
so wenig, wie an denen einer populären Astronomie. Das
Mitreden wird dadurch erleichtert, ob auch das Mitdenken
und Mitbeobachten? Daß durch die erstere Krankheiten

verhütet und geheilt werden, ist zweifelhaft; gewiß aber, daß diese durch sie falsch erkannt und behandelt werden.

* * *

Gäbe sich der Einzelne die Mühe, die ihm zu Theil werdenden Andeutungen und Winke in körperlicher wie geistiger Hinsicht, sowohl im Wachen wie im Traume, aufmerksam zu beobachten und richtig zu deuten, so gelangte er für sich zu einer sicher leitenden Lebens= und Schicksals=Semiotik.

* * *

Seitdem das Geräusch in der Medicin die Aerzte besonders in Anspruch nimmt, hat das stille Forschen nachgelassen.

* * *

Die menschlichen Schmarotzer sind nicht so schlimm, wie die thierischen, denn jene entfernen sich, wenn sie des Guten genossen haben, diese aber richten sich, zum Verbleiben, häuslich ein.

* * *

Das engherzige Verfahren eines Herausgebers kritischer Blätter: die Schriften der Autoren, welche jene nicht durch Bezahlung halten, zu ignoriren, kann nur gute Folgen haben, denn dadurch müssen die unabhängigen Verfasser sich um so mehr bemühen, Arbeiten zu liefern, welche nicht blos in der nächsten Gegenwart Anerkennung finden sollen. Für das selbstherrisch sich benehmende Organ der öffentlichen Besprechung tritt zuweilen unerwartet die Zeit

ein, wo es für immer verstummt und dann der Ver=
gessenheit verfällt; allein ein tüchtiges, gehaltreiches Buch
feiert noch spät den Triumph, daß das nicht gedruckte,
gleichsam zum Scheintode bestimmte, lobende Urtheil zum
lebendigen, allgemeinen und dauernden wird.

*　　*　　*

Daß Einer Narrheit simulirt, kömmt selten vor,
häufig aber, daß Einer sich für gescheid hält, jedoch ein
Narr ist.

*　　*　　*

Mit der Trunkenheit hat die Erbitterung das gemein,
daß sie manches verschlossene Wort offenbart.

*　　*　　*

Fühlst Du deine Schwächen,, so mußt Du im Mo=
mente anfangen, Alles aufzubieten, um ihre Beschaffenheit,
ihren Umfang und Zusammenhang, so scharf und bestimmt
als möglich, zu ergründen und mit Aufgebot der äußersten
Umsicht und Anstrengung, ohne Unterlaß, dahin wirken,
jene in dem Grade zu beseitigen, um nicht nur Dir,
sondern Andern die vollgültigen Beweise des Bekämpften
und Errungenen liefern zu können. Es führt kein anderer
Weg zur Rettung.

*　　*　　*

Treue muß in unabhängiger Entschließung und in
der innigsten Ueberzeugung von der frei eingegangenen

Verpflichtung begründet seyn; eine durch Eigennutz oder Furcht bedingte besteht die Probe nicht.

* * *

Wird, ohne Weiteres, die Neugier getadelt, so dürfte das Studium der Geschichte nicht gelobt werden, denn dadurch will man ja erfahren, was vorgefallen ist.

* * *

Das Abgangszeugniß von der Schule darf nur als billigende Anweisung zur academischen, das Doctordiplom zur praktischen Thätigkeit angesehen werden.

* * *

Die erfolgreichste Fürsprache ist die Versicherung des eigenen Gewissens, daß man immerfort seine Schuldig= keit thue.

* * *

Wer, ohne hinreichenden Grund, Etwas aufschiebt, der verkennt den Werth der Gegenwart; er verläugnet deren Recht, hat keinen Begriff von Dem, was er leisten könnte, wenn er den rechten Verstand und Willen besäße.

* * *

Wenigen Menschen wird das erhebende und beglückende Gefühl des Wohlthuns so zur pflichtschuldigen Nothwendig= keit, wie einem langjährigen, beschäftigten Arzte.

* * *

Daß eine Wirksamkeit, welche viel Aufsehen erregt,
mag sie auch noch so zweideutig sein, durch äußere Ehre
weit mehr anerkannt wird, als eine noch so segenvolle,
aber still und schweigend vor sich gehende, das sieht man
bei der militärischen und ärztlichen.

* * *

Ein Paß, der für alle Regionen der Welt gültig
ist, das ist der der heilenden Kunst.

* * *

Unter Erfahrung in der Medicin verstand man sonst
die durch jahrelange Bemühung erworbene Kunst: Krank=
heiten richtig zu behandeln, jetzt — sie zu erkennen.

* * *

Je weniger es Sitte wird, eine Unbill gleich mit
Säbel und Messer abzuwehren, um so weniger wird es
Gebrauch, einen Eingriff in die Gesundheit sofort mit
Aderlaß und Schröpfkopf zu beseitigen.

* * *

Wie Kinder und abergläubische Leute von einfachen
Begebenheiten wunderähnliche Erscheinungen berichten, so
Nichtärzte von gewöhnlichen Krankheiten die seltsamsten
Zufälle.

* * *

Die Kunst eines Linné: mit wenigen Worten eine Pflanze oder ein Thier, die eines Kaulbach: mit wenigen Strichen eine Persönlichkeit so zu zeichnen, daß eine Verwechslung mit verwandten unmöglich wird, muß der Arzt in der Schilderung der Krankheiten zu erreichen suchen.

* * *

Da Brunnenärzte fast gegen jedes Leiden Hülfe versprechen, scheint es unerlaubt, ihre Panaceen anzuzweifeln.

* * *

Zwischen Dem, welcher das Geschehene oder Geschichte schreibt, besteht ein Unterschied. Jener, das Vorgefallene einfach mittheilend, heißt Annalist oder Chronist, dieser, den Zusammenhang der Begebenheiten mit prüfendem Urtheil schildernd, Historiker.

* * *

Das Bedürfniß nach einheimischer und fremder Lectüre entstand früher aus dem Verlangen nach Belehrung, der Hoffnung, dadurch höhere Ziele kennen zu lernen, sichere Wegweiser, gesunde Lebensmaximen zu gewinnen, mit großen Gedanken, mit kunstvollen Darstellungen vertraut, nicht nur einsichtsvoller, sondern besser zu werden. Jetzt treibt eine krankhafte Begierde nach bloßer momentaner Unterhaltung, nach Bekanntwerden mit flachen Genüssen, fremdartigen Reizen, spannenden und schlüpfrigen Situationen, verwirrenden Begriffen des Guten und Rechten, Beschönigung unsittlicher Vornehmungen. Da nun die Leselust aus den höheren und mittleren Ständen in die

unterften gedrungen, fo wäre eine Läuterung des gei=
ftigen Nahrungszweigs fo dringend nothwendig, daß nur
Der als Literat geachtet werden dürfte, welcher es fich an=
gelegen fein ließe, zur Regeneration der populären Literatur
nur reine, erhebende Schilderungen zu liefern.

*　　*　　*

Gut Ding, pflegt man zu fagen, will Weile haben.
Tacitus fand als das Bezeichnende in den germanifchen
Verhältniffen die Zerfplitterung und Zwietracht. Da nun
die Stämme zur Einigkeit fich verbanden, werden ficherlich
die Einzelnen im Zufammenhalten und in friedlicher Ge=
finnung nachfolgen.

*　　*　　*

Wird die Sprache für den größten geiftigen Befitz einer
Nation angefehen, fo erfcheint das Bemühen: derfelben fich
in jeder Schrift fo beftimmt, einfach und klar, wie irgend
möglich zu bedienen, als patriotifches.

*　　*　　*

So fehr auch die Annahme des Erfolges, als Gottes=
urtheil, abgenommen hat, in Betreff der Behandlung
der Aerzte befteht fie noch.

*　　*　　*

Die frühere Gefchichtfchreibung, namentlich in Deutfch=
land, war entweder eine politifche in Aufzählung vollführter
Thaten und beobachteter Naturereigniffe, oder eine kirch=

liche. Daß erst spät eine von Wissens = Gegenständen erwuchs, ist Beweis, wie wenig diese galten.

* * *

Von alten, selbst ehrwürdigen Gebräuchen abzugehen, kostet Ueberwindung; allein es ist besser, freiwillig es zu thun, als dazu gezwungen zu werden. So möchte es ge= rathen seyn: jetzt die Rezepte in deutscher Sprache zu schreiben und die Pharmakopoe in ihr drucken zu lassen.

* * *

Wenige Gränzstädte verkünden dem Ausland den wesentlichen Vorzug Deutschlands:„ freie geistige Forschung", so eindringend, wie Königsberg.

* * *

Sagte man einer gebildeten Gesellschaft von Herren und Damen, daß sie zwar am Tage gescheid, jedoch bei Nacht toll seyen, so dürfte eine schroffe Antwort nicht überraschen. Und dennoch hat jenes Wort insofern seine Richtigkeit, als in den Träumen die Vorstellungen von Vergangenheit und Gegenwart seltsam sich verbinden, Raum und Zeit unter einander gemischt werden, erlebte Vorgänge nach voller Wirklichkeit und in entstellter, bi= zarrer Weise sich zeigen.

* * *

Unserer Zeit wird zum Vorwurfe gemacht, daß viel Geld Würde verleihe; allein das Wort numerus der

Römer bedeutet nicht blos Zahl, sondern Rang und
Achtung.

* * *

Vermag ein Halbgebildeter einen Gegenstand nicht
zu ergründen, plagt ihn aber die Eitelkeit, zu thun, als
beherrsche er ihn, so bildet er dafür einen neuen Kunst=
ausdruck.

* * *

Gleich einer Uhr, die stehen geblieben, zeigt ein
Mensch, der gedanken= und willenlos fortvegetirt, stets die
sich gleich bleibende, einförmige Apathie. Die Umstände
und Stunden mögen noch so verschieden einwirken — es
ist bei ihm immer halb 9.

* * *

Es wird von einer Politik der Aerzte gesprochen
und sind selbst Schriften darüber erschienen, ob sie gleich
nur aus einigen selbstverständlichen Klugheitslehren besteht.
Zur Politik der Diplomaten verhält sie sich, wie Brunnen=
wasser zu Scheidewasser.

* * *

Daß das aus Mangel Entstehende ein zum Ueber=
flusse Treibendes werden kann, zeigt der Hunger.

* * *

Den Wunsch des Fortlebens nach dem Tode haben
besonders Diejenigen, welche aus einer engen, schweren

Jugend zu einer gewissen Höhe sich hindurchringen mußten und ihren Blick nur vorwärts, nicht rückwärts richten; welche einzig und allein streben und arbeiten, nicht ruhen mögen.

*   *   *

Zu den mannigfachen Nachweisungen der patho= logischen Anatomie ist auch die zu rechnen: welchen Ge= schöpfen unser Körper als Mausoleum dient.

*   *   *

Da ein starker Appetit des Erlaubten zu viel verlangt, so ist Maß zu halten, nicht nur gut, sondern nothwendig.

*   *   *

Dem Begriffe nach sollte man Herumschweifen und Verharren am Ort für entgegengesetzt halten, allein man schweift mit den Augen herum, ohne daß diese sich von der Stelle bewegen, und der Nerv, welcher die wichtigsten Organe des Unterleibs in tiefster Ruhe versieht, heißt der herumschweifende [Vagus].

*   *   *

Nur aus der Voraussetzung eines Kranken, daß dem Arzte auch ein gewagtes Unternehmen gelingen werde, ist zu erklären, wie jener es sich herausnehmen kann, den= selben gegen eine nichtssagende Beschwerde in der Nacht bei Glatteis rufen zu lassen.

*   *   *

Die Schwierigkeit, viele Köpfe unter Einen Hut zu bringen, ist gehoben, sowie dieselbe Mode = Artikel wird.

* * *

Eine Kunst, welche aus Künsten besteht, ist die, Langeweile zu vertreiben.

* * *

Obgleich in Europa, sogar durch eigene Handels= minister, Kauf und Tausch, gegen frühere Zeiten, zu= genommen, hat doch Ein Handel aufgehört — der Menschenhandel.

* * *

Das weibliche Geschlecht versteht es besser den Aus= druck der Gesichtszüge in seiner Gewalt zu haben, als das männliche. Wie jedoch auch dieses darin Etwas zu leisten vermag, das beweisen Aerzte und Hofleute. Ueber die Virtuosität der letzteren lieferte Tacitus eine Probe. Als nämlich, nach dem Tode des Augustus, Tiberius aufmerksam diejenigen, welche den größten Einfluß be= saßen, beobachtete, bemühten sich diese den Vorgang in ihrem Innern so sorgfältig zu verbergen, daß sie weder fröhlich noch betrübt erschienen.

* * *

Nicht genug zu verdenken ist unbegründeter Verdacht.

* * *

Eine friedliche Kirche müßte gegen den verwandten Wortklang: Kanonisiren und Kanoniren protestiren.

* * *

Unter den gebräuchlichen Redensarten wird die: ubi bene, ibi patria für Wahrheit gehalten, obgleich dem nicht so ist. Das Gefühl des Vaterlands ist ein so tiefes, den ganzen Menschen beherrschendes, daß es, wenn auch unbewußt, in jedem Verhältnisse der Ferne kräftig fortlebt und jedem neuen, wenn auch äußerst günstigen Eindrucke, als Muster, zur Vergleichung dient.

* * *

Wird eingeräumt, daß jeder Einzelne sein eigenes Maß von Lebenskraft, sowie sein eigenes Ideal besitzt, so kann man sich nur wundern, daß die Harmonie einer Gemeinde im Ganzen wenig gestört wird.

* * *

Ausgezeichnet sind Die, welche sich vor der Mehrzahl hervorthun und nach ihren auffallenden Eigenschaften anerkannt werden. Nur dadurch, daß sie wenige sind, sind sie ausgezeichnet.

* * *

Einen Lehrer darf man nicht nach dem anziehenden, gewinnenden Vortrage, sondern nach dessen Gehalte schätzen. Wichtige Untersuchungen und Thatsachen, die bequem begriffen werden können, sind meistens leichte Waare. Seine Bedeutung ist nicht sowohl darnach zu er-

meſſen, daß er viel Durchdachtes und praktiſch Brauch=
bares mittheilt, ſondern daß er die vorhandenen ver=
ſchiedenartigen geiſtigen Thätigkeiten, zur Auffaſſung und
Ergründung des Weſentlichen und Wahren, weckt und
entwickelt.

*　　*　　*

Parteien gab es zu allen Zeiten, allein in der
unſrigen haben ſie ſo zugenommen, daß Derjenige, welcher
ſich keiner anſchließt, verkannt und mühevoll ſeine Laufbahn
erkämpfen muß. Dennoch iſt Dem, welcher ſeinen freien
Blick, ſeine edle Stimmung und innerſte Selbſtſtändigkeit
im Leben, wie in der Wiſſenſchaft, ungetrübt behaupten
will, dringend zu rathen, von jeder Partei fern zu bleiben.

*　　*　　*

Um eine Ausnahme im Geſchäftsgange zu entſchuldigen,
wird nach einem Präcedenzfalle geſucht; ereignen ſich dieſe
häufig, ſo verwandelt ſich das auffallende Verfahren in
Gewohnheit.

*　　*　　*

Pflichtſchuldig werden die Feſttage des Kalenders,
mit beſonders erhobenen Gefühlen die des eigenen Lebens
gefeiert.

*　　*　　*

Dem Beſitzer eines Lotterielooſes liegt dieſes mehr
am Herzen, als das Loos der Menſchheit.

*　　*　　*

Mancher ist und thut fromm, um ihm Frommendes zu erreichen.

* * *

Nicht durch Ermahnungen, sondern durch Furcht vor Strafe und Schande werden die Sittengesetze bewacht.

* * *

Farben und Versprechungen sind nach ihrer Haltbarkeit zu schätzen.

* * *

Berühmten Werken untergeschobene Schriften sind blos als Stylübungen zu betrachten.

* * *

Durch die verbreitete Lectüre der sogenannten Witzblätter wird die Weckung freier, treffender Urtheile wenig gefördert, aber viel die Neigung zum voreiligen Absprechen und zu bespöttelnden, hämischen Bemerkungen.

* * *

Wohlfeiler, daher gebräuchlicher, als Noth- und Hülfs-Mittel, sind Noth- und Hülfs-Lügen.

* * *

Mit dem Accusativ muß man sich in der Schule befreunden, aber von accusativen Menschen hält man sich später fern.

* * *

Unerlaubte religiöse Verbindungen bestehen meistens aus Ungebildeten, politische aus Gebildeten.

* * *

Der Superlativ des Lernens ist das Lehren. Wer Etwas gelernt hat, sucht Andere zu belehren.

* * *

Mögen die Aerzte noch so eifrig gegen die nachtheiligen Folgen des Aberglaubens eifern, ohne die Mithülfe der Geistlichen erreichen sie wenig. Je tiefer deren Machtsprüche wirken, um so nothwendiger müssen jene deren Beistand zu erwerben suchen.

* * *

Wahnsinniges Benehmen, wie in früherer Zeit die Tanzwuth, in der neuesten das Tischrücken, verbreitet sich zuweilen so allgemein, daß es für eine epidemische Krankheit ausgegeben wird. Von solcher Verkehrtheit vermögen aber nicht die eigentlichen Heilkünstler, sondern die ruhig Besonnenen zu befreien.

* * *

Blickt man auf die Art und Weise, in welcher die Mediciner jetzt erzogen werden, die Gesinnungen und Begriffe, in denen sie heranwachsen, indem sie alte, herkömmliche Regeln und Gesetze anzweifeln und gering achten, nur das Neueste würdigen, gewagten Versuchen und leeren Zerstreuungen sich zuneigen, großentheils für Lohn arbeiten, so könnte Einem für die Zukunft bange werden. Da aber

die Zeit Vieles heilt, so wird sie hoffentlich wieder ein=
faches positives Wissen und edles Ehrgefühl als Gemein=
gut schaffen.

*   *   *

Beim Auffinden neuer Thatsachen und unbekannt
gebliebener Gesichtspunkte hat man sich zu hüten, damit
der Glaube an die Ueberlieferung nicht verloren gehe, die
geläufige umzustoßen, sondern sich nur zu bemühen, jene
zu berichtigen und zu erweitern.

*   *   *

Der Mensch wird als Einheit gedacht und von ihm
verlangt, daß er stets in Gesinnung und Handlungsweise
sich gleich bleibe; da er aber nur stückweise sich entwickelt
und ohne Unterlaß von den verschiedenartigsten Einflüssen
bestimmt wird, so darf es nicht Wunder nehmen, wenn
er wie eine Mosaikarbeit erscheint.

*   *   *

Bei dem Vollgepfropftwerden mit seltsamen Vor=
stellungen und Glaubenslehren, mit vorgefaßten Meinungen
und wirren Leidenschaften leuchtet es ein, wie jener Weise
sagen konnte, daß nur Die, welche wie die Kinder sind, in
das Himmelreich kommen.

*   *   *

Herrlichen Lehren ergeht es häufig wie Münzen von
schönem Gepräge. Je länger diese im Umlaufe sind, um
so mehr werden sie nicht nur abgegriffen, sondern beschmutzt.

*   *   *

Weil allzu scharf schartig macht, wird eine zu strenge Kritik unangenehm empfunden.

*　　*　　*

Der Charakter eines gelehrt thuenden Autors ergibt sich aus den Quellen, die er verschweigt.

*　　*　　*

Ein Reich, welches der kühnste Denker kaum zu durch= streifen vermag, weil es das weite des Urmenschlichen umfaßt, ist das des Mythus.

*　　*　　*

Kann vom Individuum nur insofern geredet werden, als in ihm Eigenes, aus innerster Wurzel Erzeugtes und Eigenthümliches sich äußern, so wird, nach Ablösung alles Fremdartigen, zu seiner Kennzeichnung wenig übrig bleiben.

*　　*　　*

Um das Angenehme in der Erinnerung zu erhalten, bedarf es festlicher Gedenktage; das Unangenehme bleibt fest haftend ohne sie. Der Apostel Paulus vergegenwärtigte sich wiederholt die Zahl der Strafhiebe, welche er be= kommen hatte.

*　　*　　*

Dichtungen und Sagen, welche die Welt, wegen ihrer Schönheit, als historische Ergebnisse hingenommen, tauscht sie nicht leicht um gegen die durch Kritik gewonnene nüchterne Wahrheit.

*　　*　　*

Wenige Worte werden zur schmückenden Bezeichnung der Sterblichen so häufig gebraucht, wie Geist, obgleich, bei näherer Prüfung, nicht die mindeste Berechtigung dazu vorliegt. So haben sich die Mediciner vor dem Ausdruck Spiritus in Acht zu nehmen, damit sie nicht Weingeist vermuthen, wo blos Wasser sich findet. Der bekannte Salmiakspiritus ist kein Spiritus, sondern mit Ammoniak-gas gesättigtes Wasser, und Spiritus Mindereri die einfache Auflösung von essigsaurem Ammonium in Wasser.

* * *

Das Erforschen des Erkrankens durch Gehirn, Rücken-mark, Nerven, Herz, Lungen wird mehr gewürdigt, als das durch die Organe des Unterleibs, indem jene nicht nur für edler gelten als die letzteren, sondern auch in ihren gestörten Erscheinungen für schwieriger erkennbar. Dabei bleibt jedoch zu bedenken, daß der alte Spruch: Laboramus hypochondriis eine Wahrheit ist; die Vorgänge in diesem Gebiete noch viel Räthselhaftes darbieten; und derjenige Arzt als der größte Wohlthäter sich bewährt, welcher es versteht, jede derartige Unordnung richtig zu deuten und zu beseitigen.

* * *

So sehr man sich freut über eine ehrliche Haut und Einen, der, wo es gilt, seine Haut selbst zu Markte trägt, seiner Haut sich wehrt, sie theuer verkauft oder mit ihr bezahlt, so sehr betrübt Einen Der, welcher in keiner gesunden Haut steckt, nichts ist als Haut und Knochen, kaum noch in der Haut hängt, und Dem dennoch die Haut juckt, darum mit heiler Haut nicht davon kömmt, sondern

Dem die Haut über die Ohren gezogen wird. Jedoch aus der Haut möchte man fahren, wenn sich beim unscheinbarsten Vorfalle eine Gänsehaut bildet, d. h. wenn die Haut nicht vor Kälte, sondern aus Angst rauh wird.

* * *

Ob eine tüchtige Hausfrau ihren Schlüsselbund mit dem Himmelsschlüssel des heiligen Petrus vertauschen möchte, ist eine Frage.

* * *

„Hinter Jemanden her seyn" für verfolgen, bezieht sich sicherlich nicht auf Den, der vor Einem her schlechten Tabak raucht.

* * *

Es ist mit der Geschichte, wie mit einem Bauwerke; jene wird aus den gegebenen Thatsachen vom combinirenden Geist geschaffen, dieses aus den gelieferten Materialien vom überlegenden Architekten.

* * *

Wie unbewußt das Wahre geachtet wird, geht daraus hervor, daß man einer Dichtung, welche einen dagewesenen oder reellen Gegenstand behandelt, lieber und dauernder Beifall zollt, als einer noch so kunstvollen Erdichtung.

* * *

Hof= und Armenküchen zeigen die Verschiedenheit der leiblichen, Volksschriften und Leihbibliotheken die der gei= stigen Kost.

*　　*　　*

Würde ein Eroberer nur einen kleinen Theil der unermeßlichen Klagen, sowie des namenlosen Jammers der Tausenden, empfinden, so müßten seine Thränen beim Triumph vertrocknen.

*　　*　　*

Wie bei der Vorstellung einer hohen Person die Ein= zelnen, sich verneigend, vorüberziehen, und nur Wenigen ein freundliches Wort von jenem zufällt, so benehmen sich die deutschen Schriftsteller achtungsvoll gegen das Ausland, zufrieden, wenn von ihm, ausnahmsweise, dem Einen und Andern eine wohlwollende Rücksicht zu Theil wird.

*　　*　　*

Bei den in die öffentlichen Blätter eingerückten Dank= schreiben für ärztliche Hülfeleistungen bleibt es zweifelhaft, ob damit mehr der Ausdruck der Druckerschwärze oder der wahren Empfindung sich kund gibt.

*　　*　　*

Man sollte denken, mit Geheimniß sey Verschwiegen= heit verbunden, allein wer ein solches an den Mann zu bringen sucht, kann es nicht laut genug anpreisen.

*　　*　　*

Da die Charlatans, ohne sich um die Ursache eines Leidens zu kümmern, gleich mit ihren Mitteln bei der Hand sind, müßte es bei ihnen heißen: principiis obsta, bene mane (nicht sero) medicina paratur.

* * *

Der gute Arzt bemüht sich, die Aufmerksamkeit des Kranken von seinem Leiden abzuleiten, allein der Afterarzt sucht jene von seinem beabsichtigten Wirken einem scheinbaren zuzuwenden; er macht Hokuspokus.

* * *

Autobiographien, diese Spiegel nicht blos des äußern, sondern des inneren Lebens, muß man unter verschiedenen Titeln aufsuchen. So die von Augustinus unter „Bekenntnisse", die von Dante unter „neues Leben", die von Petrarca unter „mein Geheimniß", die von Benvenuto Cellini unter „Geschichte meines Lebens", die von der Frau Roland unter «Mémoires», die von Göthe unter „Dichtung und Wahrheit".

* * *

Das Wort von Christus, welches Napoleon gebrauchte: „wer nicht für mich ist, ist gegen mich", bewährt sich in den verschiedenartigsten Tonarten und Graden, in den Beziehungen der Liebe und Freundschaft, wie des Hasses und der Verfolgung.

* * *

Wollte der Ehrenhafte jede Herausforderung der Lebensverhältnisse ernsthaft nehmen, so hätte er nichts weiter zu thun, als sich zu duelliren.

*   *   *

Die Welt muß prosaischer geworden sein, denn die Gewohnheit der alten Zeit: wichtige Thaten und Dinge, zur allgemeinen Verbreitung, in Versen zu besingen, hat nachgelassen.

*   *   *

Gerichtsakten sind unerschöpflich für Raub- und Mordgeschichten, aber nur Hungerquellen für die Schilderung von Liebesabentheuern.

*   *   *

Wer noch so fromm ist, fühlt keine Eile in das Himmelreich einzugehen; wer aber auf ein Erbe hofft, möchte dasselbe lieber heute als morgen antreten.

*   *   *

Kämen den Menschen gute Wünsche für Andere so theuer, wie Geschenke, nur selten würden sie laut werden.

*   *   *

Worte bringt der Körper in den äußern Theilen zu Stande, Gefühle und Gedanken in den inneren.

*   *   *

So viele mit unnachgiebiger Leidenschaft geführte
Streitigkeiten auch noch bestehen, eine ist milder geworden
— die über den Vortritt nach dem Range.

*   *   *

Was gelehrten Männern entgeht, glaubt oft eine
kluge Frau zu wissen. In dem Artikel: »Vapeurs« (dans
le langage des gens du monde) des Dictionaire des
Sciences médicales findet sich kein Wörtlein über diesen
aufgekommenen Sprachgebrauch; allein in den Memoiren
der Frau von Genlis ist zu lesen, daß die von ihr be=
neidete, schöne, zuletzt gränzenlos unglückliche Prinzessin
Lamballe, durch augenblickliche Ohnmachtsanfälle, dazu
die Veranlassung gegeben hätte.

*   *   *

Die Bubonen=Pest des 14ten Jahrhunderts, welche
durch das Hinopfern eines großen Theils der Erdbevöl=
kerung und den herrschenden Volkswahn, als Schrecken
im Andenken der Menschen fortlebt, nennt man den
„schwarzen Tod"; die französische Revolution, welche durch
gleiche Gräuel gekennzeichnet wurde, sollte man den „rothen
Tod" nennen.

*   *   *

Unter falschem Namen aufzutreten ist nicht so schlimm,
als unter falschem Bestreben die Zeit zu verbringen.

*   *   *

Zur Weihnachtszeit wird das Andenken keines Apostels so gefeiert, wie das des heiligen Marcus durch Verspeisen von Marcipan (Marci panis).

*   *   *

Duften die Blätter der Schlingpflanze auch nicht so ätherisch, wie die der Rose, genug, wenn die Laube, welche sie bildet, den Wunsch erweckt: „je länger, je lieber".

*   *   *

Vom Weine trunken, lebt man in wirrer Gegenwart, von Liebe trunken in harmonischer Zukunft.

*   *   *

Die Boten, welche man für die treuesten hält und denen man seine tiefsten Empfindungen anvertraut, die Gedanken, kehren, obgleich noch so hoffnungsvoll ausgesandt, nicht zurück.

*   *   *

Wer an seinem Himmel nach zwei geliebten Augensternen blickt, verlangt keine Planeten zu entdecken.

*   *   *

Vereine sind gut, um Freude zu theilen; für den Schmerz ist das Alleinsein besser.

*   *   *

Wovon am meisten erwartet wird, erfolgt nicht selten am wenigsten. So, in Betreff der öffentlichen Erklärungen und Kritiken über Druckschriften. Es wird vorausgesetzt, daß sie mit Ueberzeugungstreue, rein objectiv, eine leitende Ansicht über Inhalt, Werth, Richtung derselben liefern; allein entweder sind sie Ausflüsse von Zuneigung, oder von Uebelwollen, gebildet aus einzelnen, aus dem Zusammenhange gerissenen, selbst falsch gedeuteten, Stellen. Die gelieferte Arbeit ist sogar öfters eine bestellte, erkaufte. Da unbegründetes Lob so verwerflich erscheint, wie unverdienter Tadel, ein gerechtes Urtheil aber eine vorangegangene genaue Bekanntschaft mit dem Geleisteten voraussetzt, so vermag eine Recension nur treffend und lehrreich zu sein, wenn sie als Resultat einer unbefangenen gründlichen, gewissenhaften Studie sich kund gibt.

*　　*　　*

Die Tortur ist abgeschafft, aber die Selbstquälerei besteht immerfort.

*　　*　　*

Ein tüchtiger Hausvater sorgt für seine Familie, ein tüchtiger Schriftsteller für die Menschheitsfamilie.

*　　*　　*

Kein Gut wird so theuer erkauft, kein Glück durch den Schmerz so ganz getilgt, als die Geburt eines Kindes durch den Tod der Mutter.

*　　*　　*

Es ist ein Trost im Leben, daß die Thränen bald vertrocknen, denn blieben sie, so gäbe es ein Thränenmeer.

* * *

Ein Studium, welches wenig Nachdenken, aber das Gefühl in seiner ganzen Kraft, immer wachsend, in Anspruch nimmt, ist das Studium vom ersten Eindrucke, bis zur beseligenden Entscheidung, der Liebe.

* * *

Hat die Jugend vom Alter viel zu lernen, so dieses von jener zwar Wenig, aber Wünschenswerthes, nemlich in Empfindungen jung zu bleiben.

* * *

Eilt man, den kleinsten Dorn, welcher in die Haut gedrungen, zu entfernen, warum nicht eben so rasch jedes gestörte Verhältniß?

* * *

Fände sich Salz nicht in jeder Küche, so müßten, hinsichtlich seiner Heilkraft, weit mehr Apotheken errichtet werden. Seine im Großen Statt findenden arzneilichen Kräfte werden nicht ihm, sondern Nebendingen zugeschrieben, wie z. B. gegen den Katzenjammer dem Häringssalat.

* * *

Der eigentliche Vorgang, wie innerlich gereichte Arzneimittel wirken, ist verborgen, und dennoch werden solche, welche schon beim äußeren Gebrauche als gefährliche sich erweisen, oft innerlich angewandt: wenn nicht stets mit sichernder Vorsicht, müßte ein Criminalcodex der Aerzte einschreiten.

* * *

Ein verdienstvoller Autor, welcher spät anerkannt wird, möge sich mit der Aloe trösten, welche erst im Alter zur Blüte gelangt, allein dann in erstaunlicher Fülle und Pracht.

* * *

Von ängstlichen Naturen kann man muthige Aeuße=rungen vernehmen, wenn ihre Börse gefüllt, das Haus von Fremden leer und durch einen Blitzableiter geschützt ist.

* * *

Am Christabend wird mancher arme Arbeitsmann von unbekannter Hand hoch erfreut; der dürftige Autor bleibt unbeachtet.

* * *

Mit Ungeduld wird jeden Tag einer Neuigkeit ent=gegengeharrt, nicht einer neuen Einsicht.

* * *

Wird vom Sturme der Baum entwurzelt, unter dem am liebsten geweilt wurde, so kann ein anderer gepflanzt werden; brennt das Haus nieder, wo jeder Winkel theure

Erinnerungen barg, so kann ein neues erstehen; stirbt aber der Mensch, dem man unbedingt vertrauen konnte, so bleibt diese Stelle für immer leer.

* * *

Schlimm, wenn es mit Freundschaften geht, wie mit der Valuta, deren Werth wechselt, ja zuweilen äußerst gering sich verhält.

* * *

Zum Gedächtnisse Verstorbener geschieht Vielerlei, jedoch fortleben wird nur Der, welcher Worte und Werke des Lebens zurückgelassen.

* * *

Wie dem Seefahrer auf der südlichen Halbkugel durch Anblick des gestirnten Himmels ein unerwarteter Hochgenuß, selbst als erquickender Lohn für viele Mühsalen zu Theil wird, so dem im Suchen einer umdüsterten Zeit ermüdeten Geschichtsforscher durch das Auffinden eines wenig gekannten oder verkannten glanzwürdigen Geistes.

* * *

Wie wohl die zuerst geschaffenen Menschen, welche mit den Intentionen des Schöpfers näher vertraut sein mußten, vorausgesetzt, daß sie im Paradiese noch um irdische Dinge sich kümmern, über Diejenigen denken mögen, welche wegen Irrlehren verfolgt, gemartert, getödtet werden?

* * *

Für einen guten Index eines reichhaltigen Werkes kann man nicht dankbar genug seyn. Den Verfassern aber noch so trefflicher Werke, wenn sie auf den Index kommen, wird, statt des Dankes, Haß zu Theil. Daß die Zahl dieser auserlesenen Heerschaar nicht gering ist, kann man aus den im Jahre 1806 von Peignot erschienenen 2 Bänden ersehen: Dictionnaire des livres condamnés au feu, supprimés ou censurés. Weil aber verbotene Früchte am besten schmecken, steigt der Ruhm öfters mit dem Verbote.

*   *   *

Geschähe Sorge, daß den Kindern nicht durch schauer= liche Erzählungen, Mummereien, Bilder &c. Furcht vor unbekannten Mächten eingepflanzt würde; bemühten sich die Lehrer, jede solche Anlage zu tilgen, und ließen es sich die Volksschriften angelegen seyn, gegen derartige Vorstel= lungen in jeder Weise zu eifern, so hörten Uebel auf, welche in gesunden wie in kranken Tagen, als dunkle, verworrene Vorstellungen, die schlimmsten Wirkungen ver= ursachen.

*   *   *

Je tiefer ein Forscher in das Innere der Natur ein= zudringen sucht, desto häufiger verharrt er vor Geheim= nissen, und je ausführlicher ein Biograph sein Erlebtes mittheilt, desto sorgfältiger verschweigt er, wenn nicht die interessantesten, doch die piquantesten Ereignisse.

*   *   *

Bleibt es eine ungelöste Aufgabe, die überflüssige Wärme des Sommers für den Winter aufzusparen, so bemühe man sich wenigstens, einen Theil der übersprudelnden Kraft der Jugend für das Alter, und Etwas von zu Theil gewordener Liebe für bittere Erfahrungen einzusammeln.

* * *

Wäre ein Vorschlag zur Verbesserung eines alten Uebels, z. B. der Behandlung des ärztlichen Standes, blos deswegen zu verwerfen, weil der Versuch schon oft vergebens gemacht wurde, so dürfte ein neu entdecktes, äußerst wirksames, Heilmittel nicht angewandt werden.

* * *

Bei jeder Gelegenheit einen Wunsch zur Erreichung einer wünschenswerthen That zu wiederholen, wie einst Cato, kann zu solcher anfeuern; allein auf eine bereits abgethane Sache unermüdet zurückzukommen, ist fruchtlos und langweilig.

* * *

So alt auch die Erfahrung ist, daß Krankheit größtentheils durch fehlerhaften Lebenswandel, also durch eigene Schuld, entsteht, so wenig wird sie beherzigt. Schon ein Spruch von Jesus Sirach [Cap. 38. 15] lautete: „Wer vor seinem Schöpfer sündigt, der muß dem Arzte in die Hände kommen."

* * *

Als Lohn ernsten Strebens im Gebiete der Literatur und Kunst erscheint die Freude an der vollendeten harmonischen Darstellung um so größer, wenn sie vergebens bei Mitlebenden gesucht wird.

* * *

Obgleich die Schilderung der Schwachheiten und Verführungskünste des weiblichen Geschlechtes zum Lieblingsgegenstande mancher Autoren gehört, ist es auffallend, daß das „Narrenschiff" von Sebastian Brand [† 1520] oft erwähnt wird, nicht aber das Narrenschiff thörichter Frauen (Stultifera navicula futurarum mulierum) von Jodocus Badius [† 1535]; vielleicht weil es unübersetzt blieb.

* * *

Manche Gelehrte bringen es, um in ihrem Wissenschaftsgebiete nicht einseitig zu erscheinen, zu einem hohen Grade der Intrigue und Chikane.

* * *

So wenig auch ein Feldherr, der seinen Ruhm durch Aufopferung von Tausenden und ein Alterthumsforscher, welcher den seinigen durch Bewahrung des Hergebrachten erlangt, sich gleichen, in der Empfindung freudiger Befriedigung begegnen sie sich: jener freilich über die eines erfochtenen Sieges, dieser über die eines aufgefundenen alten Schatzes.

* * *

Sollte, zum Unglück der Welt, wieder ein Kampf entstehen zwischen den Anhängern der katholischen und evangelischen Religion, so würde der letzteren, wie einst aus Schweden, aus Rußland Hülfe kommen.

* * *

Den Bedenken öffentlicher Vorlesungen für das weibliche Geschlecht gegenüber ist Ein Vorzug geltend zu machen, daß nemlich dadurch der langweilige Prolog „meine Herren" nicht mehr gehört zu werden braucht.

* * *

Aehnlich dem Verfahren eines bösen Buben, einen reinen Gegenstand durch einen Fleck zu verunreinigen, sucht der höhnische Recensent einer edlen Arbeit Etwas von seiner gemeinen Natur anzuheften.

* * *

Die Aerzte verordnen nach der Behandlung einer schweren Krankheit eine Nachcur, die Juristen nach der Aburtheilung eines schweren Verbrechens den Nachrichter.

* * *

Die Furcht vor Ansteckung scheint mehr auf die Nerven, die vor Gespenstern auf das Herz, die vor Kanonen auf den Darmkanal zu wirken.

* * *

Auch bei der sorgfältigsten Erziehung ist es nicht möglich, die Phantasie vor Ausschweifung zu bewahren, weil, trotz noch so großer Bewachung, Wechselvolles und Unharmonisches auf die Sinne einwirken.

*   *   *

Es ist zum Erstaunen, wie man mit Einem Wort= laute das Verschiedenartige auszudrücken vermag. So z. B.: sich ein Herz fassen — Etwas zu Herzen fassen — mit dem Verstande fassen — Hoffnung, Neigung, einen Entschluß fassen — in die Augen fassen — sich in Geduld fassen — vor Leidenschaft sich nicht fassen können — auf den Ausgang sich gefaßt machen — beim Worte fassen — eine Rede kurz fassen — der Schrecken faßt — der Rahmen faßt — mit der Hand anfassen — den Gegner anfassen — mit den Sinnen auffassen — eine Flüssigkeit auffassen — mit einer Untersuchung sich befassen — eine Perle einfassen — mit einer Mauer einfassen — mit beiden Händen erfassen — große Kenntnisse umfassen — die Lehre, die Zeit, der Geist umfaßt — in Liebe um= fassen u. s. w.

*   *   *

Zu den schlimmsten Suchten, woran nicht nur Indi= viduen, sondern Staaten zu Grunde gehen, gehören Ge= nußsucht und Habsucht.

*   *   *

Mit die wirksamsten Beförderer der Medicinal= Polizei sind verheerende Krankheiten. Was dringende

Vorstellungen und schlagende Gründe nicht vermögen, er=
langen, in erschreckend auftretender Zahl, Noth und Elend.

* * *

Ob zu einer Zeit mehr gegen die Schwachheiten der
Seele oder des Leibes Hülfsmittel nöthig sind, kann man
daraus ersehen, ob die Geistlichen oder die Aerzte höher
im Preise stehen.

* * *

In keinem Stande erscheinen so oft Meteore, als in
dem ärztlichen. Bis zu dem Augenblick, wo sie verpuffen,
bleiben die Halbgebildeten in staunender Bewunderung,
um dann ausgelacht zu werden.

* * *

Die Höflichkeitsausdrücke der Mediciner sind, gegen
sonst, deswegen seltener geworden, weil die überschweng=
lichen Glückwünschungs=Schreiben bei den Doctorpro=
motionen außer Gebrauch gekommen.

* * *

Eine tugendhafte Spionage ist das Auskundschaften
und chemische Nachweisen gesundheitsschädlicher Stoffe.

* * *

Werden die Rezepte als Mittel angesehen, die Ge=
danken des Arztes dem Apotheker zu offenbaren, so

müßte derjenige, welcher viele verschreibt, sehr gedanken=
reich seyn.

* * *

In dem Grade, als durch Ausbildung der Vernunft
der thierische Trieb verloren geht, glückt es jener, Krank=
heiten zu verhüten und zu heilen. Der Instinkt verwandelt
sich in bewußte Wahl.

* * *

Soll die Jugend auf der Hochschule nicht nur mit
den Samen der Wissenschaft, sondern auch mit denen
hoher Sittlichkeit und ächter Rechtsgefühle befruchtet
werden, so können ältere wie jüngere Lehrer nicht genug
dahin streben, von Selbstsucht, Bevorzugung, Begünstigung
sich frei zu halten, durch Theilnahme, Wohlwollen, Offen=
heit sich auszuzeichnen, jeden Schein von Mißgunst, Neid,
Gehässigkeit zu meiden, Verträglichkeit, Nachsicht, Ver=
zeihung zu üben, vor voreiligem Absprechen, Effekthascherei,
Reclamen sich zu hüten, jedem Versuche einer Beein=
trächtigung durch Parteinahme entgegen zu treten, Be=
urtheilungen von Personen und Sachen mit Gerechtigkeit
und Milde vorzunehmen, stets nur bemüht zu bleiben,
gemeinsam Gutes und Wahres zu fördern.

* * *

Ein Geschichtsarchitekt, welcher seine Einfälle mehr,
als die gegebenen Thatsachen und Verhältnisse berück=
sichtigt, ist der rechte Mann für Luftschlösser.

* * *

Schnell entstandene Freundschaft auf Du und Du ist meistens Duselei.

* * *

Ohne das Orakel abzuwarten, erhielt man schon durch die Aufschrift mit goldenen Buchstaben am Tempel zu Delphi die Weisung: „Erkenne Dich selbst". Dieser inhalt=reiche Ausspruch wird gewöhnlich nur auf das geistige Leben bezogen; allein er hat die gleiche Geltung für das materielle. Um vor einer Störung der Gesundheit bewahrt zu bleiben, um die eingetretene einfach wieder zu beseitigen, ist nichts so sichernd und hülfreich, als die sich kundgebenden Aeußerungen sorgsam zu beachten, richtig zu deuten und angemessen zu befolgen.

* * *

Da im Leben der Natur, wie in dem eines jeden Individuums, ein Kampf herrscht zwischen den erzeugenden und erhaltenden Kräften mit den gefährdenden und zer=nichtenden, so hat die prüfende Einsicht zu ermitteln, wann und wie derselbe zu stillen ist.

* * *

Durch eine noch so absurde Behauptung werden Viele in einem Grade erregt, daß sie sich zu ihr bekennen. Von der Ungereimtheit überrascht, glauben sie an dieselbe, und um nicht als düpirt zu erscheinen, versuchen sie die Ver=theidigung.

* * *

Solange die Theologen, um die Menschenrechte zu
wahren, einen Unterschied machen zwischen Sündern und
Frommen, die Juristen zwischen Unschuldigen und Ver=
brechern, die Mediciner zwischen Gesunden und Geistes=
kranken, müssen die Politiker mit Verleihung gleicher
Rechte, wie mit dem allgemeinen Stimmrechte, zurück=
halten. Ohne verbreitete Bildung, bewußte Gesinnung
und unabhängige Stellung erscheint das Kopfzahlrecht über
Hals und Kopf ertheilt.

*   *   *

Viel zu wenig wird von Jugend auf dahin gewirkt,
immer, durch wache Sammlung, den inneren Frieden zu
behaupten, um, unabhängig von äußeren Eindrücken, eine
Macht des Gleichmuths und der Fassung zu bilden, daß
die eigenen Gefühle und Ueberzeugungen die fremden Ein=
flüsse ruhig beurtheilen und alles Gute mit Freudigkeit
aufnehmen können.

*   *   *

Im Verkehr der Menschen wird Der für einen Son=
derling gehalten, obgleich ihm nachgestrebt werden sollte,
welcher die an Andern bemerkten Fehler, sowie die in
Umlauf gekommenen üblen Nachreden, statt sie zu verbergen,
den Betheiligten offen mittheilt.

*   *   *

Dividenden und Superdividenden bestätigen, daß nur
Der, welcher hat, bekömmt.

*   *   *

Der Branntweintrinker muß sich, dem Alkoholometer gegenüber, schämen, denn das Instrument zeigt Maß, der Mensch nicht.

* * *

Als der größte Kampf erscheint der um die Bedingungen der Existenz. Verwirrend wirkt, daß sie verschiedenartig geschätzt werden.

* * *

Ein Bösewicht bleibt oft unbestraft, weil seine Mordwaffe, das Messer des grimmen Hasses, nicht zu finden ist.

* * *

Man schmäht halbwegs langweilige Schriften, dagegen solche, welche es ganz sind, lobt man, weil sie als schlafmachende Mittel dienen können.

* * *

Der Ruhm des Helden, für unnahbar zu gelten, ist auch der einer Jungfrau.

* * *

Warum man, älter und glücklicher geworden, die vergangene, gedrückte Jugendzeit klagend zurückwünscht? weil der Verlust eines Besitzes den Werth desselben nicht nur zu erkennen, sondern zu überschätzen lehrt.

* * *

Wohl dem Frommen, welcher ein religiöses Ehr=
gefühl besitzt.

* * *

Fühlt sich der Jüngling noch so begeistert von idealen
vaterländischen Gefühlen, erst dann kennt und liebt er mit
Leidenschaft sein Vaterland, wenn er sich hineingearbeitet
in dessen Geschichte und Literatur und sich bekannt gemacht
mit den entzückenden Schöpfungen der heimatlichen Kunst,
sowie mit dem unerschöpflichen Born der sinnvollen und
gedankenreichen Sprache.

* * *

Ein Schriftsteller, der rein nur im Interesse der
Sache arbeitet, keine Mühe scheut, um dunkle Punkte
aufzuhellen, das Wesentliche zu ermitteln, über das Ganze
eine klare, sichere Einsicht zu gewinnen, verkanntem Ver=
dienste gerecht zu werden, in abwägender Kritik aus der
Masse des, mit Selbstverläugnung bewältigten, Materials
das Wahrscheinliche übersichtlich hervorzuheben, kann, für
Augenblicke, Dem gegenüber im Nachtheil erscheinen,
welcher aus befangenen einseitigen Motiven, um seine
Person bemerklich zu machen, den Gegenstand in be=
schränktem Umfange auffaßt, an Aeußerlichkeiten sich hält,
durch weitläufige werthlose Erörterungen zu imponiren
sucht, jedoch in seiner Darstellungsweise einen Bildungsgrad
kund gibt, welcher weder für Urtheilskraft, noch für Ge=
rechtigkeitsgefühl und Wahrheitsliebe eine Garantie liefert.
Eine jede solche eitle, frivole Spiegelfechterei müßte von
ehrlicher, gründlicher Forschung fern bleiben.

* * *

Zum Beweise, daß durch die Künste der Kultur die natürlichen Gefühle unterdrückt oder zur komödienhaften Rolle verleitet werden, dienen die gedruckten Neujahrs= wünsche.

* * *

Männliches Aussehen durch Bartseife, weibliche Grazie durch den Tanzmeister gebildet, äußeres Benehmen, vom Friseur, der hohen Instanz des Geschmackes belobt, ver= langen trotzig von der Gesellschaft Bewunderung.

* * *

Wie der Zutritt, um Viel zu sehen und zu hören, seinen Preis hat, so der zu kritischen Blättern, um gesehen und gehört zu werden.

* * *

Nach der Kopfsteuer hat auch der leerste seinen Werth.

* * *

Dauernde Liebe zum Alten hängt weniger an Dem, wie es war, als an Dem, wie es hätte sein sollen.

* * *

Unbedeutende politische Schriftsteller suchen dadurch zu einiger Geltung zu gelangen, daß sie stets von sich und der Nation im Bunde reden.

* * *

Aus der Tiefe der Seele muß mit aller Macht aufwärts gerungen werden, sowie ja auch nur mit Mühe aus den Erzstufen das edle Metall gewonnen wird.

* * *

Dem ursprünglichen Gedanken nach erscheint das Alleinseyn als das freieste, denn der Bibel gemäß hat Gott den Mann allein gebildet. Hätte er eine Gefährtin für nothwendig erachtet, würde er diese zugleich geschaffen haben.

* * *

Jede Anspannung ermüdet, nur die Hoffnung nicht.

* * *

Keinem Sterblichen muß so unbedingt Gehorsam geleistet werden, wie dem Schicksal.

* * *

Man macht einen krummen Rücken, um sich gegen eine gebietende Gewaltsperson zu verneigen, aber auch, um einen Panegyricus über Freiheit und Gleichheit zu schreiben.

* * *

Wer in stiller Kammer seinen Frieden findet, tauscht mit keinem Kammerherrn.

* * *

Vor der Religion und Politik hat die Wissenschaft Einen Vorzug, nemlich den der raschen und offenen Be-

kehrung. Der Entschluß, zu einer andern Religionssekte
oder politischen Parthei überzugehen, ruft vielerlei Bedenken
hervor, reift langsam im Stillen und wird eine Zeitlang
als Geheimniß bewahrt. Der Anschluß dagegen an eine
entgegengesetzte wissenschaftliche Ansicht und Ueberzeugung
entsteht plötzlich und wird allsogleich, mit dem Wunsche
allgemeiner Kenntnißnahme, vollzogen.

*   *   *

Da die Weltweisen und Philosophen wenig mit einander
übereinstimmen, ist die Unverträglichkeit der Unweisen um
so erklärlicher.

*   *   *

In Bezug auf die ausschließliche Werthschätzung der
exakten, durch Beobachtung und Erfahrung geleiteten For=
schung ist nicht zu übersehen, daß diese im Nachdenken,
Vergleichen, in Vernunftbegriffen begründet, daher we=
sentlich geistiges Edukt und Produkt ist.

*   *   *

Bei Eiern und ansteckenden Krankheiten kann man
den Zeitraum der Ausbrütung (Stadium incubationis) be=
stimmen, nicht aber bei historischen Thatsachen. Zuweilen
bedarf es eines Menschenalters und darüber, bis die
Wahrheit ermittelt wird.

*   *   *

Von vielseitigem Nutzen erweis't sich dem Arzte ein
gutes Gedächtniß; allein ohne dasselbe wird er um so

mehr genöthigt, jeden Krankheitsfall, ohne verführerische Analogie, scharf und bestimmt, in seiner Eigenthümlichkeit aufzufassen.

*　　*　　*

Wie Eifersucht diejenige Leidenschaft heißt, welche mit Eifer sucht, was Leiden schafft, kann die Wissenschaft dasjenige Erkenntnißziel heißen, welche mit Eifer sucht, was Wissen schafft.

*　　*　　*

Bei dem nahen Zusammenhange der Welttheile durch Telegraphen gelangen angerühmte Mittel der Ferne übereilt in Anwendung, ohne daß der Einfluß des Klimas, wie der Lebensart, in Rechnung gebracht wird.

*　　*　　*

Vorkämpfer der Freiheit können nur Die seyn, welche aus dem innersten, historischen Wesen eines Volkes heraus, das Bessere anstreben; bloße Nachahmung fremder Einrichtungen verräth Einseitigkeit und sklavischen Sinn.

*　　*　　*

Mit Kenntniß die Schattenseiten von Menschen und Zuständen aufsuchen und schildern, kann von Scharfblick zeugen, auch durch Nachweisen wirklicher Schwächen nützlich werden; allein blos am Dunklen Gefallen finden, das Positive muthwillig in die Negation auflösen, Großes und

Ehrwürdiges lächerlich machen, offenbart einen ebenso
unreinen wie unwahren Sinn.

*   *   *

In dem Bestreben, die Lehren der Fachmänner po=
pulär abzuhandeln, ist eingeschlossen, das wissenschaftlich
Gediegene unpopulär zu machen.

*   *   *

Die größten Stützen nicht nur des Einzelnen, sondern
der Menschheit sind Arbeit und Glaube.

*   *   *

Wenn der Apotheker ein verlegenes, sowie ein vom
Quacksalber mit allen möglichen Fehlern geschriebenes
Rezept gewissenhaft anfertigt, so frägt es sich, ob er dem
Verlangen aus Nächstenliebe, aus wissenschaftlichem Sinne
oder aus Eigennutz entspricht?

*   *   *

Treiben ältere Personen das Versteckenspielen in der
Art, daß sie sich der Autornamen und fremdländischer
Wörter, auf die ernsthafteste Weise, bis zur Unkenntlichkeit
bedienen, so sieht man, daß sie Kinder geblieben.

*   *   *

Weil das Ertheilen von Rath menschenfreundlich,
bequem und wohlfeil ist, fehlt auch in Sachen der Ge=
sundheit diese Theilnahme nicht. Dem Ordo gratiosus

6

glaubt Jedermann durch Empfehlung eines Mittelchens sich anreihen zu dürfen. Daß dadurch nur der Unverstand sich kund gibt, bleibt unbedacht.

*　　*　　*

Wie es komme, daß ein ungebildeter Bauer zu einem berühmten Arzt gestempelt werden könne, z. B. früher Michel Schüppach zu Lagnau im Canton Bern? weil ein solcher die Schwachheiten, Bedürfnisse, den Aberglauben, die Schliche und Ränke seiner Gesinnungsgenossen am besten kennt, und diese nicht anstehen, ihm übernatürliche Kräfte zuzuschreiben.

*　　*　　*

In der Freundschaft und Liebe verräth gekünsteltes Ceremoniell Oberflächlichkeit und Unwahrheit, aber die Beobachtung rücksichtsvoller Formen dient zum Beweise gegenseitiger Achtung und Schonung.

*　　*　　*

Wie jede Sucht, ist auch die Neuerungssucht eine be= denkliche. Hängt sie mit schwankendem Wesen und Untreue zusammen, muß um so mehr vor ihr gewarnt werden.

*　　*　　*

Das, was in der Natur geschieht, zeigt von Dem im Menschenleben einen wesentlichen Unterschied. Dort Alles aus regelmäßigen, dauernden Gründen und einfachen Ge= setzen, hier das Meiste aus zufälligen Veranlassungen, be= rechneten Absichten, zum Schein und zur Täuschung.

*　　*　　*

So wenig ein in die Pflanzen verliebter Botaniker in seinem Garten Nesseln, Disteln, Nachtschatten dulden wird, so wenig ein nachsichtiger, milder Menschenfreund in seiner nächsten Nähe gemeine Naturen.

* * *

Ein Arzt, in glänzender Gesellschaft als Tonangeber gefeiert, macht meistens in der Kammer des Siechen den Eindruck eines Ritters von der traurigen Gestalt.

* * *

Das Alter ist nicht nach dem Geburtsjahre zu bestimmen, sondern nach der mit ganzer Kraft benutzten Zeit, ob dem Schlafe, der Erholung, dem Vergnügen keine Stunde mehr, als durchaus nothwendig, zugewandt wird.

* * *

Ein Arzt mag Viel zu tragen und zu leiden haben, allein von einem Uebel bleibt er frei — von der Selbstsucht, denn er gehört Andern, nicht sich.

* * *

Die Versuche mit gefährlichen Stoffen an Thieren haben ihr Gutes, wenn sie zur Warnung dienen, solche an Menschen vorzunehmen.

* * *

Bei der Promotion war es ehemals Sitte, daß dem neuen Doktor ein offenes und ein verschlossenes Buch über-

geben wurden; das offene zum Zeichen deſſen, was er
bereits in ſich aufgenommen; das verſchloſſene zur Auf=
forderung und Mahnung des noch Unbekannten und zu
Erlernenden. In unſeren Tagen würde ſolch ein Zweifel
an mangelnder Einſicht ſehr übel genommen werden.

* * *

Gute und reichliche Koſt kann ebenſo Krankheiten
heben, wie ſchlechte und ſparſame. Vor der letzteren hat
z. B. das Podagra einen ſolchen Abſcheu, daß es wegbleibt.

* * *

Ohne krank zu ſeyn, kann man an Hitze leiden, wenn
die Umgebung friert, oder an Kälte, wenn es Andern zu
warm iſt.

* * *

Unſere Zeit vermag, ſo ſehr ſie auch nach Ruhe ſich
ſehnt, noch nicht dahin zu gelangen, denn ihr gebricht, bei
der unmäßigen Erregtheit, der innere Friede. Sie muß
erſt wieder Genügſamkeit und Beſchränkung lernen, das
Alte für ehrwürdig, das Recht für unantaſtbar halten.

* * *

Eine Perſon, welche viele Kleider beſitzt und dadurch
zuweilen eine ganz andere erſcheint, auch ebenſo wechſelnd
in Launen und Stimmungen ſich zeigt, paßt beſſer zur
Bühne als zum Umgange.

* * *

Daß man zur rechten Zeit seine Fehler verbessern müsse, erfährt ein Autor, denn der Setzer verlangt für getroffene Veränderungen Schadloshaltung.

* * *

Menschenkenner sind wie geübte Orgelspieler, die es verstehen, je nach dem Zwecke, die Register zu ziehen.

* * *

Der Dienst der Wahrheit, der ehren= und gefahrvollste, verlangt eine Kraft, welche mit ganzer Seele auf das Leben gerichtet, dennoch mit diesem abgeschlossen hat.

* * *

Aehnlich wie ein Eroberer sein Gelüste nach einer fremden Nachbarprovinz zu befriedigen sucht, so ein Wissenschaftsmann nach einer ihm noch unbekannten Sprache und Literatur. Glücklicherweise fordert der Kampf um letztere kein Blut, sondern nur Dinte.

* * *

Hat der Mann das Recht, das Weib die Sitte zu vertreten, ist jenem als Mittel die Kraft, dieser die Milde zugetheilt, so verharre jedes Geschlecht selbstbewußt, wirk= sam und zufrieden, in seiner natürlichen Bestimmung.

* * *

Gleichviel, ob nach der Grundbedingung der Nor= malität eines Einzelnen, einer Körperschaft, oder eines

Reiches gefragt wird, die Antwort ist einfach: gleich=
mäßiges Aufnehmen und Ausscheiden, angemessenes Em=
pfangen und Geben, Gegenseitigkeit der Rechte und
Pflichten. Nur dadurch behaupten sich Gesundheit, Freiheit,
Eintracht.

* * *

Ein Examinator soll nur Das prüfen, was nicht zu
seiner individuellen Befriedigung, sondern vom Exami=
nanden für's Leben gelernt werden muß.

* * *

Früher bestand der Unterricht der Medicin darin,
daß der Lehrer ihnen das Wissenswerthe in die Feder
dictirte, später, daß er sie auf die Lehrbücher verwies;
jetzt, daß er durch Demonstrationen und Versuche praktische
Anweisungen ertheilt.

* * *

Bleiben Ehre und Geld die allgemeinen Motive des
Handelns, so muß man beide den Aerzten reichlicher als
bisher bieten, wenn sie nicht, wie weiße Raben, selten
werden sollen.

* * *

Bei hohem Barometerstande Regen, bei vielem Gelde
Geiz, bei großer Frömmigkeit Schurkerei sind unbegreifliche
Verbindungen.

* * *

Wie sehr das Mitgefühl die Furcht überwindet, er=
sieht man daraus, daß in Zeiten großer Lebensgefahr,

bei herrschenden ansteckenden Krankheiten, die Neigung, Medicin zu studiren, zunimmt.

*　　*　　*

Die meisten Menschen sind froh, die Lernzeit hinter sich zu haben. Die aber, welche aus innerem Antriebe, selbst noch im vorgerückten Alter, neuen Studien sich er= geben, werden dadurch belohnt, daß ihnen die Eindrücke der frühesten Jugend, wie solche auf den Schulbänken sich äußerten, in überraschender Frische zurückkehren, die Ver= gangenheit an der Gegenwart erweckend.

*　　*　　*

Es gibt entscheidende Momente im Leben, wo der Einzelne eine solche Umwandlung seines innersten Wesens erfährt, daß er sich sagen muß: er sey ein Anderer ge= worden durch Gottes und dieser Umstände Gnaden.

*　　*　　*

Nur durch den Sieg über das Sterben durch dauernde klare Gedanken, hohe Gefühle, edle Werke kann Un= sterblichkeit errungen werden.

*　　*　　*

Da Jeder nach einem gewissen Maßstabe lebt oder leben muß, so wird sein Urtheil über Andere, wenn diese ihm unabhängiger, geschickter, geehrter vorkommen, mehr oder weniger bitter.

*　　*　　*

Die Wärme, als schaffendes Element, weckt das Leben, die Liebe, selbst Dichtung, begeistert dazu.

* * *

Von so vielen Seiten auch das Lob der Erzieher der Menschheit laut wird, das des Plutarch vermag keines zu übertönen.

* * *

Bei dem Triebe aller Naturgegenstände, sich zu behaupten, äußert sich die Zeugungskraft des Schlechten ebenso mächtig wie die des Guten. Aus Einer bösen Handlung folgen rasch viele.

* * *

Dadurch, daß im Norden der Esel nicht fortkömmt, hat er keinen Vorzug vor dem Süden.

* * *

Kein Streben verleitet so sehr zum eitlen Schein, als das: mehr von Andern, als von sich selbst geachtet zu werden.

* * *

Der beseligendste Augenblick ist der, wenn es im Gefühle des Schaffens zum Bekenntnisse kömmt: est Deus in nobis.

* * *

Ist es wahr, was der Volksglaube behauptet, daß der Blitz keinen Schlafenden erschlage, so ist es auch wahr, daß der Vertrauende von einem eigenen Genius beschützt werde.

*   *   *

Schwach ist die Kunst der Fingersprache, allein ur=
kräftig die: durch Schreiben mit den Fingern zu sprechen.

*   *   *

Darsteller sinnlicher Beobachtungen erlauben sich eine Nonchalance des Ausdrucks, den sich Forscher des geistigen Lebens nie gestatten dürfen.

*   *   *

Die Selbsterkenntniß ist deswegen so schwer, weil die Eitelkeit, wegen ihrer vielerlei Formen, das Bewußtseyn täuscht.

*   *   *

Egoismus ist immer tadelnswerth; allein er kann sündhaft werden, wenn er sich zu einer Art Selbstanbetung steigert.

*   *   *

Der Volksdialekt verhält .sich zur Gelehrtensprache, wie ein frischer Blumenstrauß zum gemalten.

*   *   *

Im Neid liegt ein schlimmer und guter Same, je nachdem er als Mißgunst und Haß, oder als Bewunderung und Nacheiferung, aufgeht.

*   *   *

Für falsches Geld gutes zu geben, wird für eine Dummheit, Böses mit Gutem zu vergelten für eine Tugend gehalten.

* * *

Das Barometer, Thermometer, Hygrometer zu beobachten, ist rathsam; aber rathsamer ist, Stimmung und Arbeitskraft nicht davon abhängen zu lassen.

* * *

Der bezeichnende Beiname der Venus „Verticordia", „Herzwandlerin" ist wenig bekannt; allein die römischen Frauen feierten den ersten April des Monats, welcher den Frühling eröffnet, wo das Rauhe in das Sanfte sich umsetzt, in der Art, daß sie, festlich geschmückt und jubelnd, das Bild der Göttin mit frischem Grün und Blumen bekränzten.

* * *

Der Intelligenz der Kanonen und Bajonette gegenüber müssen Vernunftgründe sich verkriechen.

* * *

Wenn die rothe Uniform die symbolische Bedeutung hat: für den übernommenen Dienst, wenn es gilt, sein Blut zu lassen, so muß man sich wundern, daß sie wenig mehr im Gebrauche ist.

* * *

Wer unverschuldet bittere Erfahrungen gemacht, der glaubt nicht an Einen, sondern an viele Teufel.

*   *   *

Thoren halten Den für mündig, der gut schwatzen kann.

*   *   *

Der Mensch mit innerem Besitze entzieht sich der Regel, nach dem Inventar geschätzt zu werden.

*   *   *

Ohne ordinirt zu seyn, ohne je die Kanzel bestiegen zu haben, erbaut ein Verfasser gefühl= und gedankenreicher Schriften unbekannte Gemeinden, ertheilt ihnen selbst beglückenden Segen.

*   *   *

Keine Behauptung wird durch die Erfahrung so sehr widerlegt, als die, daß die Art des Sterbens für oder gegen das geführte Leben zeuge, denn die Edelsten und Besten enden häufig im. schwersten, leidensvollen Kampfe, während die Verworfensten und Heillosesten, bei ungestörtem Bewußtseyn, bis zum letzten Athemzuge, im größten Seelenfrieden ruhig die Augen schließen.

*   *   *

Diebe könnten am sichersten nach der Annahme: similia similibus gebessert werden, denn durch einen recht=

mäßigen Besitz würden sie fremdes Eigenthum zu achten wissen.

*   *   *

Bei den Vorlesungen mohnsaftartiger Lehrer übt die Jahreszeit so geringen Einfluß, daß die Zuhörer zweifelhaft bleiben, ob das Einschlafen im Sommer oder Winter leichter erfolgt.

*   *   *

Fühlt der Mensch das Herannahen vom Ende seiner Tage, so sucht er sich mit seinem Gewissen und der Welt auszusöhnen. Da er nun, wenn er zu Bette geht, nie wissen kann, ob er wieder erwacht, so sollte er stets nach Sonnenuntergang solchen Abschluß vornehmen.

*   *   *

Daß man sich mit seinem Blute nicht nur dem „Gott sey bei uns", sondern auch dem lesenden Publicum verschreibt, das ist vom Freiherrn Friedrich von der Trenck [1794 zu Paris guillotinirt] zu lernen. Da man ihm nemlich während seiner Gefangenschaft in Magdeburg keine Dinte gestattete, vertraute er seine Empfindungen mit Blut der Bibel an. Sie wurden vor einigen Jahren vom Dresdener Bibliothekar J. Petzhold veröffentlicht.

*   *   *

Die Stürme, welche ein zerrissenes, liebewarmes Herz durchziehen, gleichen Aeolsharfentönen.

*   *   *

Gebräuche, welche ihre Zeit hatten, mag man durch Aufgebot aller möglichen Spezereien, wie noch lebende, darzustellen suchen, der Leichengeruch ist aber nicht zu verdecken.

* * *

Es ist so lange her, seit Homer das „Wort" ein geflügeltes nannte, daß man bei dem jetzt so häufig vorkommenden Ausdruck „geflügeltes Wort" des alten Dichters nicht gedenkt. Auch will man damit nicht blos die unbehinderte Richtung bezeichnen, sondern von einer gebrauchten überraschenden, packenden Redensart ihre luftartig sich bewegende Freiheit, Angemessenheit und Berechtigung.

* * *

Das Studium der Medicin unterscheidet sich von jedem andern dadurch, daß dasselbe nicht blos eine Ansammlung abgeschlossener Wissensgegenstände befördert, sondern eine Ausbildung der rein menschlichen Gesinnung, der Empfänglichkeit für die Bedürfnisse des Lebens und der Achtung für den Gewinn der Erfahrung.

* * *

Wenn nicht Jeder leben wollte, würden die Menschen, trotz aller Liebes = und Friedensworte, aus gemeinen Leidenschaften, wie wilde Thiere, übereinander herfallen.

* * *

Zu den Worten, welche als schwere Steuern den sogenannt gebildeten Ständen auferlegt werden, gehört „kunstsinnig".

* * *

Von den Aerzten können die Erzieher lernen, daß, zur Anregung der Thätigkeit, Druck und Stoß zuweilen mehr nützen als Arzneien.

* * *

In der Menschheit lebt, wenn auch in verschiedenartigen Vorstellungen, ein Gottesbewußtseyn, die Ahnung einer übersinnlichen Macht und Weisheit, unter der Aeußerung des Glaubens.

* * *

Die Lobe=Assecuranz=, sowie die Mäkeln= und Todt=schweiger=Compagnien von Autoren müssen gute Geschäfte machen, denn sie mehren sich zusehends.

* * *

Da die Guten nicht leicht schlecht, die Schlechten aber schlechter werden, so ist in aufgeregter Zeit von den letzteren das Gräßlichste zu befürchten.

* * *

Je mehr das in Individuen und Gesellschaften an=gehäufte Kapital durch massenhafte Unternehmungen den Pauperismus der Menge begünstigt, um so nothwendiger wird es, dem rücksichtslosen Umsichgreifen der Speculation

eine Schranke anzuweisen, sie dem Sittengesetze zu unter=
werfen.

*   *   *

Von den Missionären kann man erfahren, daß ihnen
der heilige Geist nicht so viele Bekenner zuführt, als der
Geist des gereichten Branntweins.

*   *   *

Putz und Ueppigkeit wirken nicht nur durch sich
selbst verderblich, sondern dadurch, daß sie die Bedürftigen
zum Bewußtseyn ihrer Dürftigkeit bringen.

*   *   *

Ein Erntefest, welches, statt mit Cyanen, mit Ver=
gißmeinnicht gefeiert wird, ist dasjenige, wenn man am
Ende des Jahres die Namen der Trefflichen sammelt,
welche der Tod gemäht hat.

*   *   *

Mit dem Vorwurfe der Inconsequenz und Schwäche,
mit der Anklage des Unrechtes und des Verbrechens wird
Der verfolgt, welcher, seiner ganzen Lebensgeschichte un=
treu, auf einmal statt edler, unedler Mittel sich bedient.
Doch sollte bei der Anschuldigung nicht unbeachtet bleiben,
daß nur Verzweiflung zu dem Ausrufe treibt: Si flectere
nequeo superos, Acheronta movebo.

*   *   *

Vor der äußeren bösen Gesellschaft wird man frühe gelehrt sich in Acht zu nehmen, weniger vor der inneren, nemlich derjenigen der Erinnerung und Einbildungskraft.

* * *

Wohl Dem, welchem die Erfüllung seiner Pflichten Glück heißt.

* * *

Unter den Dankgefühlen der Gebildeten für Bücher ist vielleicht das für eine gute Grammatik und ein gutes Lexicon als das allgemeinste zu bezeichnen.

* * *

Zum Ersatze der Verluste durch das Hinscheiden von Geliebten wird der Mensch im Alter in sich gesammelt, im Urtheil selbstständig, von Neigungen unabhängig.

* * *

Die Religionssecte der Wahrheit bleibt immer eine kleine.

* * *

Wie man von der kalten Erde redet, obgleich aus ihr die warmen Quellen dringen, so wird der schweigsame, in sich verschlossene Mensch kalt genannt, obschon häufig die Gefühle in seinem Innern, wie in einem Vulkane, glühen.

* * *

Heil dem Schriftsteller, der besser ist als seine Schriften!

*　　*　　*

Kann von einer uneigennützigen Thätigkeit geredet werden, welche von der ersten Bewegung des Lebens bis zur letzten dauert, so ist es der Herzschlag.

*　　*　　*

Ohne das Sittenrichteramt zu weit zu treiben, sollten öffentliche Vorstellungen, von denen man glauben muß, daß sie nur dazu dienen, das Erröthen abzugewöhnen, nicht geduldet werden.

*　　*　　*

Nicht vor Gespenstern soll man sich fürchten, sondern vor moralisch Todten.

*　　*　　*

Selbst brave Leute sind unruhig wegen eines ihnen zu Gunsten auszufertigenden Testaments, wenn sie gleich das alte und neue in den Händen haben.

*　　*　　*

Ungerechte Handlungen mögen von der Gegenwart beschönigt, entschuldigt, selbst verziehen werden; die Geschichte nennt sie unbarmherzig bei ihrem rechten Namen.

*　　*　　*

7

Ob ein Schiff an das gesteckte Ziel gelangt mit vollen
Segeln, unter Jubelruf der Bemannung, oder abgetakelt,
mit siechen Invaliden; und ob der Einzelne seinen Zweck
erreicht mit gehobenen, beseligenden Gefühlen, oder zer=
knirscht, mit vorwurfsvollem Gewissen, das ist die Frage.

* * *

Die schlimmste Fäulniß, welche weniger materiell als
immateriell zerstört, ist die sittliche.

* * *

Von der Schwierigkeit des Historikers, alte Sitten und
Gebräuche genau anzugeben, hat nur Der einen Begriff,
welcher weiß, wie schwierig es ist, von tausenden zerstörten,
in Vergessenheit gerathenen, Ortschaften die Stellen zu
bezeichnen.

* * *

In der Literatur ist eine so erstaunliche, kaum zu
bewältigende Masse von Beobachtungen mitgetheilt, daß
es weniger darauf ankömmt, neue zu häufen, als sicher
leitende Gesichtspunkte zu liefern.

* * *

Ist Geschichte Fackel des Lebens, so bleibt zu be=
klagen, wenn dem Geschichtsforscher von der herrschenden
Macht nur eine Blendlaterne erlaubt wird, womit er
zwar selbst sehen kann, um ihn herum aber Dunkelheit
herrscht.

* * *

Eine seltsame Art der Aufopferung äußert sich in der unter Kaufleuten aufgekommenen Gewohnheit: Mitbewerber durch das Ablassen von Waaren zu Spott= oder Schleuderpreisen zu Grunde zu richten.

* * *

Das alte Rom, welches einen großen Theil der Erde als sein Eigenthum ansah, endete hauptsächlich durch die Geldnoth seiner Bürger bei den bestehenden Wucherzinsen.

* * *

Das Meiste, was geschieht, hat die eigene Person oder bestimmte Lebenskreise, nicht erkannte höhere Zwecke, im Auge; darum auch nur so wenig allgemein Gültiges und Dauerndes.

* * *

Liebende haben wohl deswegen so viel mit dem Monde zu thun, weil er gutes Wetter schafft.

* * *

Die Früchte der Saaten auf Schlachtfeldern, welche mit Menschenleichen gedüngt wurden, sollten, gleichsam zu einiger Sühnung, vom Staate, zur Linderung der Noth, unter die benachbarten Armen vertheilt werden.

* * *

Den Arzt, wenn er auch noch so gut mit dem Mikroskop umzugehen weiß, ziert Bescheidenheit und Vorsicht, denn wie vom sogenannten Menschenkenner Einer für

bösartig ausgegeben werden kann, ohne es zu seyn, so
von jenem eine angebliche bösartige Bildung.

*   *   *

Vom Schönen, welches das Herz erfreut, Nutzen zu
erwarten, ist eine unbillige Forderung. Gefüllte Blüten
bringen keinen Samen.

*   *   *

Schützenfeste sind insofern nicht zu verachten, als sie
die wichtige Lehre lebendig erhalten; den rechten Fleck zu
treffen.

*   *

Im religiösen Gefühle und im reinen weiblichen Ge=
müthe zeigt sich nicht selten die höchste Entfaltung der
menschlichen Natur.

*   *   *

Da in den Städten die Zahl der Einwohner, oder,
wie man sich auszudrücken pflegt, die Seelenzahl, immer=
fort zunimmt, so wäre es, im Interesse der Civilisation,
wünschenswerth, daß öfters die Summe, sowie die Art
der dort vorgekommenen Verbrechen, im Verhältnisse zur
übrigen Bevölkerung, angegeben würde. So nur könnte
man erfahren, ob das Resultat sich günstiger stellt beim
Zusammengedrängtseyn der Individuen, jedoch im Ge=
nuße reichlicher, selbst überflüssiger Mittel zur Bildung,
oder bei zerstreuten Familien ohne Gelegenheit des Unter=
richtes und sittlicher Erhebung.

*   *   *

Woher das Unbefriedigtseyn mit den meisten Menschen? weil bei ihnen Empfindung ohne Wahrheit und Kraft, Bravheit ohne Urtheil und Einsicht, Bildung ohne Charakter und Herz.

*   *   *

Von mysteriösen Wahrheiten und wissenschaftlichen Lehren in erblichen Familien oder Corporationen will man nichts mehr wissen, sondern von öffentlicher Mittheilung, von Gemeingut, Popularisirung. In mancher Beziehung mag das sein Gutes haben, jedoch das Mitrathen wird dadurch mehr erzielt als das Mitthaten und die Selbsttäuschung in hohem Grade genährt.

*   *   *

Der Verkehr durch Briefmarken läßt Zunahme des allgemeinen Vertrauens, Abnahme von Geheimnissen oder einen Zustand vermuthen, wo jeder soviel mit sich selbst zu thun hat, daß er sich um Andere nicht kümmern kann.

*   *   *

Mit- und Nachwelt preisen Den, welcher sich für eine große Idee opfert, obgleich das Verdienst dessen nicht geringer ist, der in schwierigen Verhältnissen bis zum letzten Lebenshauche in edler Thatkraft, mit liebevollem Herzen, hohen Gesinnungen und ungebeugtem Geiste ausharrt.

*   *   *

Noch ist das Kunststück nicht erfunden: dem Drange der Menschen, sich bemerklich und Eindruck zu machen, blos die Richtung anzuweisen, welche mit dem eigenen Wohl zugleich das allgemeine zu fördern vermag.

*   *   *

Zur inneren Mission ist jeder Tüchtige berufen. Es bedarf dazu keiner anderen Anstalt, als der im Leben errungenen sittlichen Integrität, des ausgebildeten Sinnes für angemessenes Empfinden und Rechtthun.

*   *   *

Der in Wahrheit Auserwählte lebt nicht nur den Besten seiner Zeit, sondern der Zukunft.

*   *   *

In den hölzernen, unscheinbaren Schulhäusern wurde das Nothwendige gelehrt; in den steinernen Prachtgebäuden muß viel Ueberflüssiges gelernt werden.

*   *   *

Es mag gut und weise sein einen Tag fortzuleben wie den andern, jedoch die Zufälle einer erregten Zeit, welche eine Krise ankündigen, verlangen Beachtung.

*   *   *

Am meisten ist die Freundschaft zu preisen, deren man nie bedarf.

*   *   *

O! der Gleißnerei, also selbst der Aufgeklärte hält es mit dem Schwarzen? ja, mit dem schwarzen Kaffee.

*   *   *

Mag die Gewißheit eines Zustandes noch so ergreifend seyn, der fortdauernden Ungewißheit wird sie vorgezogen. Lieber Durchschneidung des Nerven, als beständiges Zerren desselben.

*   *   *

Vermittelst der Instrumente suchen die Aerzte die Organe, gleich Taubstummen, wenn auch nicht zum Sprechen, doch zur Bezeichnung ihres Zustandes zu bringen.

*   *   *

Schöner, als Verse machen, ist Poesie in das tägliche Leben zu bringen.

*   *   *

Im gesunden Zustande des Körpers, wie des Staates, herrscht gleichmäßige Ordnung; das Fortschreiten geschieht durch Ruhe; hastige, gewaltsame Bewegungen dagegen bedingen Störungen, selbst Gefahr.

*   *   *

Zur nachsichtigen Beurtheilung Andrer müßte Jeder sich gezwungen fühlen, weil er sich zu gestehen hat, daß er, zur eigenen Beschämung, oft in der Voraussetzung, im Zweifel, im Bangen und im Verdachte sich geirrt habe und noch irre.

*   *   *

Lassen sich äußerst begabte, auch von Gesinnung wie Charakter untadelhafte Naturen von einer fixen reli=

giöfen oder wiffenfchaftlichen Idee leiten, fo machen fie fich des Prädicates geiftiger Gefundheit verluftig.

* * *

Für das Auffallende find Kinder, für das Schickliche Frauen die feinften Reagentien.

* * *

Eine Lobeserhebung der Univerfitäten, welche nicht vergeffen werden dürfte, war die von Jakob Wim = pheling [† 1528]: extra universitatem non est vita.

* * *

Schullehrern und Geiftlichen muß immerfort die Mahnung ans Herz gelegt werden: die Jugend zur Schonung der Vögel, diefer für das Gedeihen der Pflanzen = welt unentbehrlichen Gefchöpfe, anzuhalten, gegen die gefühllofe Rohheit, den gedankenlofen Muthwillen, fogar verübte Graufamkeit anzukämpfen, und auf das Unrecht, die nicht ausbleibenden Gewiffensbiffe, die Straffälligkeit hinzuweifen.

* * *

Rechenfehler in Geldfachen können leichter ausgeglichen werden als die in der Schätzung von Menfchen und Verhältniffen.

* * *

Bewunderungswürdiger als die Combination eines erhabenen Gedichtes oder einer mächtigen Fuge ift die

Compofition eines grandiofen Gemäldes, weil nicht nur mit Gedanken oder Tönen, fondern im Einzelnen durch figuren der bezeichnende, harmonifche Ausdruck gefchaffen werden muß.

*   *   *

Luftigkeit bei einem Leichenfchmaufe heißt Hohn mit heiligen Gefühlen treiben.

*   *   *

Eigenfchaften, welche reiche Perfonen zieren, find: würdige Armuth ausfindig machen, geheim wohl thun, erftarrende Stimmungen und Lagen erwärmen und auf= richten.

*   *   *

Obgleich die Zahl der öffentlichen Blätter übergroß ift, könnte dennoch ein neues einem dringenden Bedürfniffe abhelfen, nemlich ein als Zuchtruthe redigirtes, um die unrichtigen, übertriebenen, falfchen öffentlichen Mittheilungen in überzeugender Weife, jedoch mit möglichfter Schonung, zu rügen und zu verbeffern.

*   *   *

Einige Dekrete reichten hin, um die körperliche folter abzufchaffen, allein die Befeitigung der moralifchen folter wird den Bemühmngen der edelften und beften Menfchen kaum in Jahrhunderten gelingen.

*   *   *

Geht die Erfindung von Surrogaten und Maschinen in der bisherigen Progreſſion weiter, ſo werden Amtsgeſchäfte durch Thiere verrichtet werden.

* * *

Wie es Stoffe gibt, welche den Blick verändern, z. B. Santonſäure, wodurch die Gegenſtände gelb erſcheinen, ſo Vorurtheile, wodurch Menſchen und Ereigniſſe anders, als wie ſie ſind, erkannt werden.

* * *

Fatal iſt für einen ruhmſüchtigen Mann, in einer Zeit zu ſterben, wo man an Wichtigeres zu denken hat, als an ihn.

* * *

Eine Verkehrtheit, wogegen mit Hohn und Spott angekämpft werden muß, iſt: ſich den Tod zu wünſchen, weil keine Anerkennung zu Theil wird. Da Willensſchwäche die Schuld trägt, ſo heißt es: ſich ermannen und den Preis erringen.

* * *

Unter die Sterne verſetzt zu werden, wäre eine ſchöne Sache, vorausgeſetzt, daß die Acclimatiſirung keine Schwierigkeiten bereitet.

* * *

Obgleich Sinn und Unſinn, Wahrheit und Lüge Geiſtesfreiheit und Köhlerglaube Gegenſätze ſind, finden ſie ſich dennoch in vielen Individuen traulich vereint.

* * *

Nur keine Täuschung über das Rennen in Gesell=
schaften und Vorlesungen, sowie über das Lesen der öffent=
lichen Blätter — die hohlen Redensarten müssen gelernt
werden, um durch deren Gebrauch den Beweis zu liefern,
daß man auf der Höhe der Zeit stehe.

* * *

Wird eine Verschwörung gegen die bestehende Ge=
walt gewittert, so kömmt es ungesäumt zur Untersuchung
und Strafe; Associationen aber, welche das Thun von
Tausenden zu beherrschen und auszunutzen suchen, dürfen
ungescheut sich ausdehnen.

* * *

Der Einzelne mag, ohne weitere Folgen, überrascht
werden, allein die Ueberraschung einer Regierung ist in
der Regel gefahrvoll.

* * *

Schicksalsfügungen folgen sich wie die concentrischen
Ringe in einem Baume. Im Leben des Einzelnen wird
manchmal auf den Untergang eines Andern hingearbeitet
und ist solches Ziel erreicht, so erwacht die Nemesis und
der Urheber des begangenen Unrechts findet früher oder
später ein unrühmliches Ende. So wird ein Volk, welches
durch ein anderes seine Selbstständigkeit einbüßte, oft un=
erwartet zum Todtengräber desselben.

* * *

Majoritätsrecht ist ein gemildertes Faustrecht.

*   *   *

Kabalen gedeihen an Vollendung und Umfang am besten in den höheren Regionen der Gesellschaft.

*   *   *

Gegen Schmeicheleien und Süßigkeiten, ob sie gleich Sinnesart und Magen verderben, wird schwach angekämpft.

*   *   *

In aufgeregter Zeit werden Bitte Forderung, Wohl=that Schuldigkeit.

*   *   *

Verlebten die Kinder mehr Stunden in freier Luft, als am Klavier, so würden sie sich harmonischer entwickeln.

*   *   *

Eine Lüge mit der Zunge, die zum Schwatzen dient, ist weniger verwerflich, als eine mit dem Auge, da dieses dem Lichte angehört.

*   *   *

Bei vielen Büchern mit schönen Holzschnitten oder Stahlstichen könnte man glauben: sie sollten die Reinheit der Sprache, die Correctheit des Ausdrucks, den klassischen Styl ersetzen.

*   *   *

Unblutige Eroberungen gelingen dem Freunde seines Vaterlands, welcher seiner Muttersprache, edler Denkweise und geistiger Eigenthümlichkeit auch bei Fremden Anerkennung erwirbt.

* * *

Aufgefundene alte Manuscripte sind in Wahrheit alte Tröster.

* * *

Seltsame Widersprüche sind: über Armuth klagen und kein Maaß beobachten; Ansehen verlangen und die nothwendigen Rücksichten vernachlässigen; nach Weisheit streben und an Dummheiten Gefallen finden.

* * *

Eine Hülfe, für welche das bedrängte Gemüth nicht dankbar genug seyn kann, ist die von Papier, Dinte und Feder.

* * *

Das Netz, worin sich fast Jeder fangen läßt, heißt: Eitelkeit.

* * *

Denkmäler, für welche kein Künstler sich abzumühen braucht, welche zu den edelsten Entschlüssen anfeuern und unberührt den Unbilden der Zeit trotzen, sind die des schaffenden Geistes und der umfassenden Liebe.

* * *

Da die Salpetersäure alle Metalle, nur nicht Gold und Platina, auflöst, dient sie als Scheidewasser. Aehnlich verhält sich der scharfe Verstand insofern, als er die halbwahren Vorstellungen tilgt, aber auch die zartesten Empfindungen wegätzt.

* * * •

Auch Unscheinbares kann große Wirkungen hervor=
bringen. Als in der Napoleon'schen Zeit, im Anfange dieses Jahrhunderts, das ächt Vaterländische unterdrückt wurde, hat die Veröffentlichung der alten deutschen Volks=
bücher das Nationalgefühl geweckt.

* * *

Conservative Grundsätze sind wie Gränzsteine, die man nicht verrücken darf.

* * *

Der menschlichen Schönheit, entzückenden Gemälden, erhabener Architektur, den Alpen gegenüber, bedarf es, wenn man sie zum ersten Mal erblickt, keines Dol=
metschers; es ist, als offenbarte sich der Genuß ihres An=
blicks in der Ursprache des Lebens.

* * *

Eine Knospe, welche sich aufschließt, kann man vor dem nachtheiligen Einflusse der Witterung, vor zu großer Feuchtigkeit oder Trockenheit, bewahren, aber zu ihrem Glanze oder ihrem Dufte vermag man nichts zu thun. Ebenso kann man den Menschen, wie er vom Schöpfer mit seinen Anlagen in die Welt gesetzt wird, nicht anders

gestalten, sondern nur dafür sorgen, daß er in seiner
Reinheit und Eigenthümlichkeit sich entwickle.

* * *

Beifällige Erklärungen über gehaltene unbegriffene
Vorträge gleichen Lobeserhebungen über Schriften, welche
noch unaufgeschnitten auf den Tischen liegen.

* * *

Fast Alles kann ersetzt werden; allein die unter-
brochene innige Jugendliebe zu einem Bruder oder zu
einer Freundin läßt eine leere Stelle zurück.

* * *

Wie die alten Heiligenbilder eindrucksvoll auf dem
Goldgrunde sich ausnehmen, so die Versicherungen der
Treue auf dem Goldgrunde der Wahrheit.

* * *

Herkömmlich hat es die Pathologie mit den gestörten
Zuständen des Organismus zu thun; wenn aber die Dinge
im Leben und in der wissenschaftlichen Forschung immer
abnormer werden, wird sie nothgedrungen auf diese sich
ausdehnen müssen.

* * *

Für denjenigen Lehrer, welcher sich als Pfadsucher
und Pfadfinder bewährte, bleibt die dankbarste Erinnerung.

* * *

Fast Alles, was wir wissen, erlangen wir durch die Sprache. Da wir aber nicht zu sagen vermögen, wie diese entstanden, gestehen wir unser Nichtwissen ein.

* * *

Bücher, welche beim Durchlesen krampfhaft festhalten und entzücken, aber den Wunsch nicht unterhalten, die gleiche freudige Empfindung zu wiederholen, verhalten sich wie leidenschaftlich verlebte sinnliche Genüsse, welche, statt erhebender Rückerinnerung, Ueberdruß und Ekel zurücklassen.

* * *

Allerdings gehört Jeder seiner Zeit an, und kann auch von dieser gerichtet werden. Wenn aber der Geist mit Vorliebe in einer andern Periode lebte, so scheint es billig, daß deren Charakter berücksichtigt werde. Und darum wäre der Maßstab für den sittlichen Wandel des Phöbus Apollo der geeignete für den des Dichters der Iphigenie von Tauris.

* * *

Ueber die Kürze des Lebens würde mehr geklagt werden, wenn es zum Bewußtseyn käme, wie der Beste im Fühlen und Denken durch ungünstige Stimmungen und äußere Schwierigkeiten gar nicht zur Entwicklung gelangt.

* * *

Kleine Buchstaben in Büchern und Briefen veranlassen dem Auge wie dem Gemüthe Klage, daß es am Großen mangle.

* * *

In Betreff der hochgehaltensten Begriffe und Em=
pfindungen, der Wahrheit, Schönheit, Liebe, Freiheit
kommen die meisten leeren Floskeln und falschen Be=
theuerungen zu Tage.

*   *   *

Lichte Punkte in der umnachteten neuen Völkergeschichte
sind das Sternenbanner der Nordamerikanischen Freistaaten
und der Brand von Moskau.

*   *   *

Gifte wirken in kleiner Gabe als Arzneien, in
größerer als Tod bringende Stoffe. Launen bedingen bei
Machtlosen unbehagliche Gefühle, bei Mächtigen Leiden
und Verderben.

*   *   *

Thätigkeit ist Leben; sie erschlafft nicht, sondern er=
hält. Organe, in Ruhe verharrend, schwinden. Wird ja
selbst der glänzende Stahl, ungebraucht, rostig.

*   *   *

Wie die Extreme sich berühren, das geht auch aus
der Thatsache hervor, daß bei Handlungen, welche nach
der Tendenz außerordentlich, jedoch nach den Folgen
äußerst schmerzlich sind, Bewunderung mit Abscheu sich
verbindet.

*   *   *

Zum Aufbau wahren Glückes sind Jahre erforderlich,
zur Zerstörung Augenblicke.

*   *   *

8

Unter den Erklärungen des hohen Alters der patri=
archalischen Zeit verdient besonders die von Roger Baco
[† 1294], des unter der Bezeichnung Doctor mirabilis
berühmten Barfüßer Mönchs, beachtet zu werden. Er
glaubte nemlich, daß damals der Einfluß der Gestirne
[die Constellation] auf das Schicksal der Sterblichen ein
anderer, als später, gewesen sei.

*   *   *

Trostlos ist es, wenn Männer jugendlich zu seyn
glauben, indem sie schlechte Bubenstreiche verüben.

*   *   *

Der Klagen würden weniger seyn, wenn der Hunger
durch „satt weinen" gestillt werden könnte.

*   *   *

Stehlen ist verboten, und doch bleiben fast Alle un=
bestraft, welche Andern die Gemüthsruhe rauben.

*   *   *

Arbeiten mit ewigem Einerlei können eine Meister=
schaft, aber auch Verdummung erzeugen.

*   *   *

Der Geist spirituöser Getränke muß zaubern können,
da er einen Menschen in ein Schwein umzuwandeln vermag.

*   *   *

Bei dem jetzt herrschenden Culturkampfe ist mancher Angriff keinen Schuß Culturpulver werth.

*   *   *

Die meisten Urtheile über Andere nehmen sich aus wie Uebersetzungen aus einer fremden Sprache von Einem, der sich nur ganz oberflächlich damit vertraut machte.

*   *   *

Bewahrst Du Dir einfachen Sinn und bescheidenes Wollen, so bleibt Dir die Morgenröthe des Lebens.

*   *   *

Nur derjenige Politiker wird Ereignisse und Menschen ruhig beurtheilen, welcher in dem Gange der Weltgeschichte die verhüllte Leitung einer weisen Allmacht verehrt.

*   *   *

Ueber die Umwandlung einer Kaulquappe in einen Frosch hat man sich weniger zu verwundern, als über die, wo ein Schüler, der für einen Dummkopf galt, ein großer Denker, und ein Candidat, der im Examen durchfiel, ein berühmter Gelehrter wird.

*   *   *

Den geschicktesten Aerzten glückt es nicht Todte zu erwecken, wohl aber ausgezeichneten Dichtern, Historikern und Romanschreibern.

*   *   *

Kinder sollen nicht mit einem Gewehr spielen, weil es geladen seyn kann, und ältere Leute sollen einen anscheinend Tugendhaften nicht zu sehr loben, weil er vielleicht böse Absichten in sich verschließt.

*   *   *

Zu den unerfreulichsten Erlebnissen eines academischen Lehrers gehören die, welche anrathen: das Wort „Collegialität" im Wörterbuche zu streichen.

*   *   *

Einer noch so strenggläubigen Gesinnung wird es schwer einzusehen, wie aus den Worten von Christus an Petrus: „Weide meine Schafe" das Herrscheramt der Päbste abgeleitet werden kann.

*   *   *

Von einem Gesammtwillen, einem einstimmigen Beschlusse irgend einer Vereinigung, sollte nicht gesprochen werden, sondern nur von einer Mehrzahl, denn immer findet sich eine dissentirende Minderheit, welche aber das Schweigen dem Reden vorzieht und der Uebermacht, wenn auch nicht aus Furcht, doch aus Klugheit, oder Gleichgültigkeit, weicht.

*   *   *

Mit Recht wird eine Universität alma mater genannt, und ist es tief zu beklagen, wenn sie als Stiefmutter sich verhält.

*   *   *

Dem Versuche, die Natur des Menschen durch phy=
sikalische Gesetze erklären zu wollen, steht nichts mehr
entgegen, als der freie Wille.

*   *   *

Die Stelle der Parzen scheinen Luxus, Mode und
Branntwein eingenommen zu haben.

*   *   *

Bei den aus Strafanstalten Entlassenen erfolgen die
Rückfälle nicht aus Gewohnheit, Unerlaubtes zu thun
oder aus frischen Verlockungen, sondern weil sie von allen
Bekannten übel angesehen und gescheut, sich so völlig isolirt
fühlen, daß sie den Aufenthalt im Gefängnisse vorziehen.

*   *   *

Jetzt, wo eine Weltpost existirt, ein unbehinderter
gesicherter, internationaler Gedanken= und Geschäftsverkehr,
lebt kaum noch die Kunde von der ehemaligen Einrichtung,
wo Universitäten und Ordenshäuser ihre eigenen Boten=
züge unterhalten mußten.

*   *   *

Kein schöneres Lob kann einem Buche ertheilt werden,
als das eines glücklichen Ereignisses, einer höheren
Schickung, einer erfolgreichen That.

*   *   *

Anstatt der üblichen allgemeinen Einleitungen der
academischen Vorlesungen, wo gesucht wird mit glänzenden

Gedanken, scharfsinnigen Betrachtungen, gewinnenden Redensarten anzulocken und das Interesse zu wecken, wodurch aber für die Sache selbst wenig oder nichts erreicht wird, sollte man einfach das Angenehme wie Schwierige der zu betretenden Bahn dadurch entwickeln, daß man an einem einzelnen bestimmten Gegenstande die Nothwendigkeit nachwiese, diesen streng und gesammelt gründlich vorzunehmen, mit selbstloser Hingebung die Quellen zu benutzen und nicht zu früh Resultate zu erwarten.

* * *

Gott, die Vorsehung, der allweise Vater müssen sich viel gefallen lassen, da die von den Menschen begangenen unverzeihlichsten Ungereimtheiten ihnen zugeschrieben oder durch sie entschuldigt werden.

* * *

Der Recensent muß das Sittenrichteramt höher achten als das Kunstrichteramt.

* * *

Gegen Arbeitsunfähige können leichter zweckmäßige Maßregeln getroffen werden, als gegen Arbeitsscheue.

* * *

Ist Haß des Einzelnen denkbarer Weise zu entschuldigen, so muß der im Großen und Ganzen, der National-, Rassen-, Religionshaß, gleich einer sittlichen Monstrosität, als gedankenlose Verfolgungssucht und verwerfliche Barbarei, getadelt und verabscheut werden.

* * *

Unter den vielerlei Antiquitäten-Sammlungen gibt es keine für die außer Mode gekommenen politischen Schlagwörter, obgleich an ihnen die Vergänglichkeit irdischen Ruhmes sichtbar werden könnte.

*　　*　　*

Der Schicksalsidee unbedingt sich unterzuordnen, hieße: Selbstprüfung, eigene Gedanken, Willen und Muth Preis geben.

*　　*　　*

Poetische Freiheit ist ein erlaubter, historische Freiheit ein verbotener Artikel.

*　　*　　*

Mächtiger als alle auflösenden, expandirenden, zernichtenden Stoffe wirkt der prüfende Gedanke. Durch ihn vergehen Ansichten und Lehren, welche Jahrtausende bestanden.

*　　*　　*

In der Mehrzahl der Menschen lebt kein festerer Glaube, als der an ihre persönlichen Vorzüge.

*　　*　　*

In unseren Tagen gingen nicht blos, wie durch Dampf getrieben, Millionäre hervor aus Speculation mit Werth- und Unwerthpapieren, sondern in Ruhmes Glanz gefeierte Namen durch Speculation mit zufällig erkannten und in die Mode gekommenen Wissens-Gegenständen.

Als die beliebtesten machten sich geltend Entdeckungen
neuer Stoffe, neuer Verbindungen, Mittheilungen von
überraschenden mikroskopischen Enthüllungen etc. Obgleich
die Verfasser öfters wie Glückspilze erscheinen, ohne Zutrauen
erweckende Vergangenheit, nemlich ohne gründliche, um=
fassende Studien, so verstehen sie die Kunst, vermittelst
Reclame und guten Freunden, nicht nur Einfluß zu ge=
winnen, sondern die herrschende Meinung sich unterthan
zu machen. Daß übrigens, derartige Bäume nicht in den
Himmel wachsen, dafür sorgen ihre kranken Wurzeln.

*   *   *

Wollte man der Humanitätslehre ihren Ursprung
nachweisen, so dürfte der Ausspruch des Freigelassenen
Terentius nicht unbeachtet bleiben: homo sum, humani
nihil a me alineum puto.

*   *   *

Das böse Prinzip in der neuen medicinischen Literatur
ist die Mißachtung der älteren.

*   *   *

Die Pfirsiche, diese köstliche Frucht aus Persien
(Amygdalus Persica), kennt Jedermann, aber eine weit
köstlichere aus jenem Lande, das Heldenbuch von Iran
(Schâhnâme) von Firdûsi, ist zum geistigen Genusse nicht
so verbreitet, wie sie es verdient. Allerdings verlangt die
Lectüre eine gewisse Selbstüberwindung. Unser deutsches
Heldenbuch aus dem 15. und 16. Jahrhunderte enthält
zwar auch sanfte wie erschütternde Gefühle und Gedanken,

wie namentlich das jüngere Hildebrandslied, allein als
tiefer und umfassender muß jenes anerkannt werden.

* * *

Mit dem Ausdruck „unübertrefflich" wird in der
Regel das Vorzügliche geschmückt, allein es gibt auch un=
übertreffliche Abgeschmacktheiten und Thorheiten.

* * *

Je häufiger die Menschen auf Eisenbahnen verweilen,
desto mehr nehmen ihre herzlichen Beziehungen ab, da
diese nur durch ein längeres Zusammenleben, nicht durch
flüchtige Berührungen, sich bilden.

* * *

Denksprüche liefern nicht nur Gedanken, sondern
wecken sie.

* * *

Zur Langmuth erzieht nichts so sehr als das Zeitungs=
lesen durch die fortwährenden ernst gemeinten Mittheilungen
ersonnener, halbwahrer, und falscher Begebenheiten.

* * *

Unter die großen Vorzüge des weiblichen Geschlechts
vor dem männlichen gehört sein leichtes Erfreutwerden.
Vor der Sinneserwärmung durch ein neues Kleid wird
schwerer Kummer flüchtig.

* * *

Würde nur Das gelehrt und gelernt, was man nicht
zu verlernen braucht, so könnten die Unterrichtsstunden
sehr verringert werden.

*   *   *

Es gibt Flecken, welche durch Vorstellungen besser
als durch Seifenwasser gereinigt werden.

*   *   *

Die politische Gesinnung wird zuweilen durch ge=
sinnungsloses Schreien kundgegeben.

*   *   *

Gedanken, welche ungesucht kommen, sind Einfälle.
Je weniger ihr Gehalt gleich bemerkt wird, desto besser.